Claudia Fri

Der gefährliche Traum

Oetinger Taschenbuch

MIX
Papier aus verantwortungsvollen Quellen
FSC® C014496

Das für dieses Buch verwendete FSC®-zertifizierte
Papier Danube liefert Salzer Papier, St. Pölten, Austria.
Der FSC® ist eine nicht staatliche, gemeinnützige Organisation,
die sich für eine ökologische und sozialverantwortliche
Nutzung unserer Wälder einsetzt.

1. Auflage 2015
Oetinger Taschenbuch GmbH, Hamburg
Oktober 2015

Umschlaggestaltung: Zero Werbeagentur, München
Druck: GGP Media GmbH, Pößneck
ISBN 978-3-8415-0374-9

www.oetinger-taschenbuch.de

Für meinen Vater,
der viele sagenumwobene Plätze
in den Wäldern kennt

Vor vielen Jahren, als im Spessart die Wege noch schlecht und nicht so häufig als jetzt befahren waren, zogen zwei junge Burschen durch diesen Wald. […]

Der Abend war schon heraufgekommen und die Schatten der riesigen Fichten und Buchen verfinsterten den schmalen Weg, auf dem die beiden wanderten. […]

Felix, der Goldarbeiter, sah sich ängstlich um. Wenn der Wind durch die Bäume rauschte, so war es ihm, als höre er Tritte hinter sich. Wenn das Gesträuch am Wege hin und her wankte und sich teilte, glaubte er Gesichter hinter den Büschen lauern zu sehen. […]

Man hatte ihm vom Spessart so mancherlei erzählt. Eine große Räuberbande sollte dort ihr Wesen treiben, viele Reisende waren in den letzten Wochen geplündert worden, ja, man sprach sogar von einigen gräulichen Mordgeschichten, die vor nicht langer Zeit dort vorgefallen seien. Da war ihm nun doch etwas bange für sein Leben, denn sie waren ja nur zu zweit und konnten gegen bewaffnete Räuber gar wenig ausrichten.

Wilhelm Hauff (1802–1827):
Das Wirtshaus im Spessart, 1827

Inhalt

Veränderungen

Wir sind da, Schatz!«, rief Max' Vater aufgeregt seiner Frau zu, die neben ihm saß. Sie war in die Landkarte vertieft und hatte gar nicht bemerkt, wie nah sie ihrem Ziel schon gekommen waren. Er bremste das Auto ab und blieb mitten auf der Straße stehen. Max' Mutter öffnete sofort die Beifahrertür und sprang begeistert aus dem Wagen.

»Liebling, sieh nur! Ist es nicht großartig?« Mit *Liebling* meinte sie ihren Sohn Max, der auf der Rückbank des Autos saß und sich betont gleichgültig gab. Um dies zu unterstreichen, starrte er noch eindringlicher auf den Bildschirm seines Tablets, ein Bestechungsversuch seiner Eltern.

»Ich möchte auf der Stelle meine beiden Männer neben mir haben und gemeinsam den Anblick genießen«, rief sie und stellte sich direkt vor das Auto. Um sie herum flirrte die Julihitze und ließ glitzernde Pfützen auf dem heißen Asphalt erscheinen, obwohl es keinen Tropfen Wasser weit und breit gab.

Max rührte sich nicht vom Fleck, auch wenn er vor Neugierde fast umkam. Aber zugeben würde er es niemals. Schließlich wollte er seine Eltern nicht so schnell vergessen lassen, dass er mit ihrer Entscheidung nicht einverstanden gewesen war, Tablet hin oder her. Keine zehn Pferde würden Max aus dem klimatisierten Auto bringen.

Sein Vater war bereits dem Ruf seiner Frau gefolgt und stand nun neben ihr. Sie umarmten sich und starrten gemeinsam auf das Ergebnis ihres Glücks. Max steckte sich den Finger in den Mund und tat so, als würde er sich übergeben.

Max' Mutter ignorierte das rüpelhafte Benehmen ihres Sohnes. »Nun komm schon! Von da drinnen kannst du es doch gar nicht sehen.«

Sein Vater scherzte jetzt sogar, so gut gelaunt hatte ihn der Anblick gemacht. »Du weißt doch, was dein grüner Freund Yoda sagen würde? *Aussteigen du musst. Genug Macht du hast.*« Er lachte über den gelungenen Witz.

Max aber fand ihn nicht lustig. Sicher war er in der Grundschule ein großer Star-Wars-Fan gewesen, aber jetzt? Mein Gott! Er war in der sechsten Klasse. Und warum musste seine Mutter so übertrieben begeistert sein? Das war sie doch nur, um ihr schlechtes Gewissen zu beruhigen, weil sie ihn aus Hamburg weggezerrt hatte. Jetzt tat sie so, als wäre das hier der Hauptgewinn. In solchen Situationen wünschte sich Max Geschwister, Verbündete im gemeinsamen Kampf gegen die Eltern. Stattdessen musste er alle Schlachten alleine austragen. Chancen hatte er nur, wenn sich seine Eltern nicht einig waren. Aber das war heute eindeutig nicht der Fall. Deshalb, und weil er auch ein wenig neugierig war, ergab sich Max seinem Schicksal und stieg aus, wenn auch betont langsam. Ungeduldig griff seine Mutter nach seinem Arm und zog Max zu sich.

Jetzt standen sie zu dritt mitten auf der Straße und schauten auf das, was ab heute ihr Zuhause sein sollte. Ein in die Jahre, oder besser gesagt, in die Jahrhunderte gekommenes Schloss!

Noch in Hamburg, seinem eigentlichen Zuhause, hatten ihn seine Freunde damit aufgezogen und ihn andauernd *Prinzchen* genannt. In Wirklichkeit aber wollten sie genauso wenig wie Max, dass er ging. Der Abschied war allen schwergefallen. Nun fühlte sich Max einsam. Er kannte doch niemanden in diesem trostlosen Ort namens Hohenstein. Und was hätte es ihm auch gebracht? Seine neue Lebenswirklichkeit war noch viel schlimmer. In einem Kaff gab es wenigstens andere Jungen in seinem Alter. Schloss Hohenstein aber lag abgesondert von jeglicher menschlichen Ansiedlung, umgeben von Wiesen und Wäldern.

»Liegt Schloss Hohenstein nicht romantisch?«, seufzte seine Mutter.

»Auf jeden Fall einsam«, knurrte Max und sah sich um. Hinter ihnen erhob sich der undurchdringliche Spessartwald mit seinen alten Eichen, Buchen und Fichten. Vor ihnen führte eine schmale Straße bergauf an grünen Wiesen vorbei direkt auf das Schloss zu. Die Sonne ließ das Orangerot der Mauern fröhlich leuchten. Das Schloss schien sie tatsächlich willkommen zu heißen. Es wirkte weder abweisend noch trutzig. Kein Schauer jagte über Max' Rücken, so wie er es sich in seiner Fantasie vorgestellt hatte. Kein Schlossgespenst schien mit rostigen Ketten zu rasseln. Es war kein verfluchter Ort. Im Gegenteil, alles sah lieblich und heiter aus.

»Willkommen daheim!«, rief seine Mutter überschwänglich. »Lasst uns ganz schnell einsteigen und weiterfahren. Ich kann es gar nicht erwarten, das Schloss von innen zu sehen.«

»Wir wohnen doch gar nicht im Schloss«, versuchte Max der übertriebenen Begeisterung seiner Mutter einen Dämpfer zu verpassen. »Wir wohnen in einer Dienstbotenwohnung irgendwo auf dem Gelände, womöglich im ehemaligen Pferdestall.«

»Na und?«, entgegnete seine Mutter fröhlich.

Gemächlich fuhr Max' Vater die schmale Straße entlang, die rechts und links von alten Alleebäumen flankiert wurde.

»Früher sind hier die Kutschen und Ritter auf ihren edlen Rössern entlanggekommen!«, gluckste seine Mutter entzückt.

»Mum, du nervst!«

»Stell dir das doch mal vor, Max!«

»Jaja! Ich sehe sie direkt vor mir, die edlen Ritter, hoch zu Ross, und ihre Prinzessinnen in der rosa Kürbiskutsche.« Max war eindeutig nicht bereit, sich der romantischen Stimmung seiner Mutter anzuschließen. Zumindest gab er es nicht zu. In Wirklichkeit konnte auch er sich dem magischen Bann nicht entziehen. Und je näher sie dem Schloss kamen, umso stärker kribbelte es in seinem Bauch. Eindrucksvoll erhoben sich nun dessen umgebende Mauern. Als würden sie einen kostbaren und zugleich sehr vergänglichen Schatz vor der einfachen Außenwelt beschützen.

Kurz vor der Schlosseinfahrt empfing sie ein großes Hinweisschild.

Herzlich willkommen auf
Schloss Hohenstein
Öffnungszeiten Anfang April bis Ende Oktober:
Dienstag bis Sonntag von 10.00–17.00
Führungen stets zur vollen Stunde
Schlossgaststätte täglich von 11.00–23.00 geöffnet

Daneben konnte man sich auf einer Schautafel über die Geschichte des Schlosses und seine Bauphasen schlaumachen. Ein weiteres Schild schickte die Besucher nach rechts auf einen öffentlichen Parkplatz vor dem Schloss.

Max' Vater blieb unschlüssig stehen. »Sollen wir auf den Besucherparkplatz fahren?«

»Wir sind doch keine Besucher, sondern Bewohner«, erklärte Max' Mutter gut gelaunt. »Fahr einfach hinein.«

In Max' Bauch war die Party nun auf dem Höhepunkt. Direkt vor ihm lag sein neues Zuhause, ein echtes, jahrhundertealtes Schloss, das zu betreten ein wahres Privileg darstellte. Vielleicht war es doch nicht so schlecht, hier zu wohnen. Beinahe spürte Max so etwas wie Stolz aufkeimen.

»Lasst uns aussteigen!«, schlug er von hinten vor. »Ich möchte lieber zu Fuß gehen.« Fast hätte er gesagt »um den ersten Anblick zu genießen«, konnte es sich aber gerade noch rechtzeitig verkneifen.

Seinem Vater schien Max' Vorschlag besser zu gefallen als der seiner Frau. Ohne zu zögern, bog er auf den Besucherparkplatz ein.

Als sie gemeinsam durch die Schlosseinfahrt schritten, umfing sie sofort eine angenehme Ruhe. Nur das Scharren unzähliger kleiner Kieselsteinchen unter ihren Fußsohlen war zu hören. Vermutlich würde für Max dieses Geräusch für immer mit einem mulmigen Bauchkribbeln verbunden sein. Vor ihnen erstreckte sich ein großer mit Kies geschotterter Innenhof, der rechts und links von Wirtschaftsgebäuden eingesäumt war. Eines davon war das Restaurant, das auf dem Schild bereits angekündigt worden war. Davor standen Tische und Stühle. Familien mit Kindern und Paare saßen friedlich unter den Sonnenschirmen und ließen es sich gut gehen. Links von ihnen lagen weitere Gebäude, deren Nutzen Max nicht erkennen konnte. In der Mitte des Hofes stand ein großer Springbrunnen, aus dem sich zwei Wasser speiende Fische erhoben, die mit vereinten Kräften eine große Muschelschale trugen. Dieser wiederum entstieg eine Nixe, die Wasser aus einem Krug in das Brunnenbecken goss. Dahinter aber erhob sich mächtig das eigentliche Schlossgebäude. Hunderte von Fenstern gliederten die Front. Eine breite Treppe führte hinauf zum Eingang. Alles um sie herum strahlte Ruhe und Erhabenheit aus. Zum ersten Mal konnte sich Max vorstellen, hier zu leben.

Doch kaum war er mit seinen Eltern und seinem neuen

Leben im Reinen, wurde sein gerade erst gewonnenes und daher sehr zerbrechliches Wohlgefühl durch eine frisch eingetroffene Reisegruppe gestört. Lauthals schnatternd wackelte eine Schar älterer Damen auf die ausgeschilderten Toiletten zu, während ihre Männer sehnsüchtig Richtung Gaststätte blickten. Max konnte förmlich die kühlen Biere sehen, die sich die Herren herbeiwünschten. Doch dafür war jetzt offenkundig keine Zeit. Eine Reiseleiterin führte mit einem hoch erhobenen Fähnchen und durchdringender schriller Stimme die restliche Gruppe sofort auf den Eingang mit der Kasse zu.

»Am besten, wir folgen ihnen«, schlug Max' Mutter vor. »An der Kasse sagen wir einfach, wer wir sind. Ich bin sicher, sie werden den Schlossherrn informieren.«

Da keiner einen besseren Vorschlag hatte, marschierten sie einfach der Reisegruppe hinterher.

An der Kasse saß eine ältere Dame, die nur widerwillig ihr Strickzeug zur Seite legte.

Vorwurfsvoll musterte sie über den Rand ihrer Brille hinweg das Grüppchen. »Die nächste Führung beginnt erst in einer Dreiviertelstunde. Solange müssen Sie im Hof warten«, erklärte sie unfreundlich.

Während die Herren der Reisegruppe ohne Umschweife auf die Gaststätte zumarschierten und ihre Frauen ihnen gemächlicheren Schrittes folgten, blieb Max' Vater zum Missfallen der Kassiererin stehen.

»Das Gleiche gilt für Sie!«, blaffte sie und griff nach ihrem Strickzeug.

»Mein Name ist Dr. Anton Schwarz. Ich werde hier ab morgen als Archivar arbeiten. Herr von Hohenstein erwartet mich bereits.« Max' Vater lächelte freundlich. »Wenn Sie bitte so freundlich wären, ihn über meine Ankunft zu informieren.«

Die Frau beäugte ihn argwöhnisch, griff aber nach kurzem Zögern doch zum Telefon.

»Hier Henriette Kohlbecher«, meldete sie sich. »Vor mir steht ein Herr. Angeblich ist er der neue Archivar.« Ihr Blick wanderte kritisch über Max' Vater, als hätten Archivare anders auszusehen. Offenbar bekam sie eine Antwort, denn sie hob verwundert die rechte Augenbraue, nickte und meinte abschließend: »Geht in Ordnung.«

Nachdem sie den Hörer aufgelegt hatte, wandte sie sich wieder Max' Vater zu. »Der Herr wird gleich kommen und Ihnen alles zeigen.« Ohne eine Antwort abzuwarten, nahm die Frau wieder ihre Stricksachen zur Hand. Von nun an fühlte sie sich nicht mehr für Max und seine Familie zuständig.

Es dauerte nicht lange und ein sportlich gekleideter Mann mittleren Alters betrat die Eingangshalle.

»Verzeihen Sie meine Aufmachung, aber heute ist mein freier Tag. Wenn ich mich vorstellen darf, mein Name ist Christian von Hohenstein. Ich freue mich, Sie hier begrüßen zu dürfen.« Max' Vater eilte sofort auf ihn zu und stellte sich ebenfalls vor.

Der Schlossbesitzer schüttelte ihm freundlich die Hand und wandte sich dann Max' Mutter zu. »Bitte verzeihen Sie unser schlechtes Benehmen. Frauen sollten immer zuerst begrüßt werden. Ich nehme an, dass Sie die bessere Hälfte dieses Herrn sind. Meine Frau kann es gar nicht erwarten, Sie kennenzulernen. Sie findet das Leben hier auf dem Schloss etwas zu einsam. Und du musst Max sein. Dein Vater hat mir schon von dir erzählt. Fritzi wird sich freuen, endlich jemanden zum Spielen zu haben. Wie ich gehört habe, seid ihr gleich alt. Ich glaube, ihr besucht sogar dieselbe Klasse.«

Zum ersten Mal an diesem Tag strahlte Max. Und es machte ihm nichts aus, dass seine Eltern es sahen. Hier gab es tatsächlich einen Jungen in seinem Alter. Warum hatte sein Vater ihm nichts davon gesagt? Das war wieder typisch. Er hatte eben nur seine alten Bücher im Kopf.

Nachdem sich die Erwachsenen über die Anreise, den Umzug (der Umzugswagen wurde gegen Abend erwartet) und den ersten Arbeitstag unterhalten hatten, führte sie Herr von Hohenstein zu ihrem neuen Zuhause. Wie sich herausstellte, war es nicht nur eine Wohnung wie in Hamburg, sondern gleich ein ganzes Häuschen. Es lag etwas abgelegen auf der Rückseite des Schlosses, am Rande des Parks, und war ursprünglich das Gärtnerhaus gewesen.

»Es ist leider etwas renovierungsbedürftig, aber das trifft auf so ziemlich jedes Gebäude innerhalb des Schlossareals zu. Modernen Komfort finden Sie erst wieder im Ort. Schlösser werden weitervererbt, ganz nach dem Motto ›Die nächste Generation wird es schon reparieren‹.« Der Schlossherr lachte. »Ganz so schlimm ist es nicht, auch wenn das Häuschen schon länger nicht mehr bewohnt wurde. Die Frau des Gärtners wollte lieber ein modernes Reihenhaus in einem Neubaugebiet ihr Eigen nennen. Mein Hausmeister hat mir aber versichert, dass alles in einem einwandfreien Zustand ist.«

»Ich finde das Haus von außen entzückend«, versicherte Max' Mutter rasch. »Ich bin mir sicher, dass wir es uns gemütlich einrichten können.«

»Sie ahnen gar nicht, wie dankbar wir Ihnen sind, dass Sie uns dieses Häuschen anbieten. Auf die Schnelle hätten wir sowieso nichts gefunden.« Max' Vater hatte recht. Das Jobangebot war für alle sehr überraschend gekommen, auch wenn ein Umzug vorher immer mal wieder in Erwägung gezogen wurde. Max' Vater war nämlich schon seit einem halben Jahr arbeitslos und verzweifelt auf der Suche nach einem neuen Job gewesen. Seit er die Zusage für die neue Arbeit als Schlossarchivar bekommen hatte, schwebte er im siebten Himmel. Immer wieder hatte sein Vater erklärt, wie toll es sein werde, für die Familie Hohenstein zu arbeiten.

»Nur noch wenige Schlossherren können oder wollen sich heutzutage jemanden leisten, der sich um die Hunderte von Urkunden, Briefe und Bücher ihrer Vorfahren kümmert. Aber Herr von Hohenstein ist anscheinend sehr an seiner Familiengeschichte interessiert. Aus der Lokalzeitung weiß ich, dass er immer wieder für historische und zeitgenössische Projekte Geld lockermacht.«

Auf die Frage seines Sohnes, woher er so viel Geld habe, hatte sein Vater nur mit der Schulter gezuckt: »Alter Geldadel und sehr viel Wald.«

Also waren sie kurzerhand umgezogen. Seine Mutter war als freie Journalistin für eine Zeitschrift flexibel und konnte dank Internet überall arbeiten.

Und so standen sie nun zusammen mit dem Schlossherrn vor ihrem neuen Zuhause.

Max betrachtete es, anders als seine Eltern, mit eher gemischten Gefühlen. Sicher, sie hatten jetzt mehr Platz als vorher und ein Garten hinter dem Haus gehörte offenbar auch dazu. Aber an vielen Stellen an der Fassade blätterte bereits der Verputz ab, die Fensterläden hingen etwas schief und die Fenster machten einen nicht ganz winddichten Eindruck.

Der Schlossherr riss Familie Schwarz aus ihren Gedanken. »Am besten überreiche ich Ihnen die Schlüssel. Dann können Sie sich alleine in Ruhe umsehen. Es gibt im Haus ein paar Möbel, die Sie gerne nutzen dürfen. Wenn sie Ihnen nicht zusagen, stellen Sie sie einfach vor die Tür. Der Hausmeister wird dafür sorgen, dass sie weggräumt werden. Sollten Sie noch Fragen haben, melden Sie sich bei mir.« Und mit den Worten: »Scheuen Sie sich nicht, es zu sagen, wenn Sie doch etwas Moderneres vorziehen«, ging er Richtung Schloss davon.

Wohnst du noch oder lebst du schon?

Kaum hatte Max das Häuschen betreten, schlug ihm ein unverwechselbarer Geruch entgegen. Es war eine Mischung aus altem Gemäuer und Feuchtigkeit, muffigen Vorhängen und Teppichen, Staub vergangener Jahrhunderte und Aromen der unterschiedlichsten Pflege- und Putzmittel für antike Holzmöbel, Treppen und Parkettböden. Auf dem steinernen Boden in der kleinen Eingangshalle lag ein roter kratziger Kokosteppich, dessen Widerstandsfähigkeit schon von mehreren Generationen erprobt worden war. An den Wänden hingen alte Ölgemälde mit Landschaften und Jagdtrophäen. Auch sie sonderten einen eigenartigen Geruch ab. Wenigstens waren die Wände in der Eingangshalle vor nicht allzu langer Zeit frisch getüncht worden. Alte Blumentapeten hätten Max nämlich den Rest gegeben.

Während Max noch im Eingang stand, hatten sich seine Eltern schon auf eine Besichtigungstour begeben. Seine Mutter war offenbar in der Küche, denn sie tat kund, dass sich darin eine äußerst brauchbare Einbauküche befand. Ihre eigene hatte sie in Hamburg zurücklassen müssen.

»Da sparen wir eine Menge Geld!«, freute sie sich.

Max' Vater hatte währenddessen das Arbeitszimmer gefunden. »Hier gibt es jede Menge Regale und einen antiken Schreibtisch. Der ist viel schöner als meiner. Ich glaub, ich lass den Hausmeister unsere Möbel in einen Speicher räumen.«

Die Entdeckerlust der Eltern steckte nun ebenfalls Max an. Auch er wollte als Erster etwas Tolles ausfindig machen. Schnell, bevor seine Eltern zurückkamen, lief er in den Raum rechts der Halle. Das Wohnzimmer war groß und hell und an der einen Seite befand sich ein alter Kamin. In der Mitte des Zimmers standen ein Sofa und zwei Sessel, die mit weißen Bettlaken abgedeckt waren. An der Wand aber entdeckte Max die gefürchtete Blümchentapete mit blassgrünem Hintergrund und zierlichen rosa Röschen. Inzwischen hatte sich seine Mutter zu ihm gesellt. Im Gegensatz zu ihrem Sohn war sie begeistert. »Weißt du was? Ab sofort ist das unser ›Grüner Salon‹. Was hältst du davon?« Die Frage war eher rhetorisch gemeint und verlangte keine Antwort.

Ernüchtert und ohne allzu große Hoffnung flitzte Max die knarrende Treppe hinauf in den ersten Stock.

»Damit ihr's gleich wisst! Das größte Zimmer gehört mir!«, rief er seinen Eltern zu.

Auch hier oben war der Boden mit rotem Kokosläufer ausgelegt und an den Wänden hingen alte Ölschinken und Geweihe von Rehböcken. Er hasste die Dinger und betete inständig, dass seine Eltern sie abhängen würden. Wenn nicht, würde er an jedes Geweih eine andere Baseballkappe aus seiner Sammlung hängen.

Insgesamt zählte Max fünf Türen, also jede Menge Zimmer zum Aussuchen, was ihn wieder versöhnlich stimmte. Mit ein wenig Überzeugungskunst könnte man ein Zimmer als modernes Spielzimmer einrichten, mit Wii, Großbildfernseher, Tischtennisplatte und Kicker. Max' Zukunft sah auf einen Schlag wieder rosiger aus. Rasch lief er von einem Zimmer ins nächste. Eines entpuppte sich als Bad, alle übrigen als Schlafzimmer. Anders als im Erdgeschoss war der Geruch in den oberen Zimmern noch intensiver. Als seien seine Bewohner aus dem 18. oder 19. Jahrhundert nur mal kurz verschwunden. Die Möbel aus dieser Zeit sprachen auch dafür. In jedem Schlafzimmer standen ein altes mit einem Laken abgedecktes Bett und ein dazu passendes Nachtkästchen, ein Tisch mit zwei Stühlen, eine Spiegelkommode und ein Kleiderschrank. Die dunklen, massiven Möbel waren alles andere als Max' Geschmack. Und was bitte sollte er mit einer Spiegelkommode? Den Höhepunkt bildeten auch hier die Tapeten an den Wänden. In einem Zimmer waren sie gelb, in den anderen hellblau, hellviolett und sogar rosa. Und auf allen befanden sich süße kleine Röschen. Hoffentlich stehen die nicht unter Denkmalschutz, dachte Max entsetzt. Er wollte nicht eine Nacht innerhalb dieser Rosenwände schlafen. Da kam man sich ja vor wie in Dornröschens Schloss! Gefangen für hundert Jahre! Hoffentlich kam der Umzugswagen bald. Dann würde er aus seinem Zimmer, natürlich dem blauen, alle Möbel beseitigen und durch seine modernen ersetzen. Bei diesem Gedanken fiel ihm der Werbeslogan eines bekannten Einrichtungshauses ein, von dem auch seine Familie die meisten Möbel kaufte. Und zum ersten Mal machte dieser Spruch für ihn wirklich Sinn. Er lautete: *Wohnst du noch oder lebst du schon?*

»Wann kommt eigentlich die Umzugsfirma?«, rief er nach unten zu seinen Eltern. »Wir räumen doch noch heute die Möbel ein, oder?«

Wie auf Kommando klingelte das Handy seiner Mutter. Max verstand nicht alles, aber was er hörte, klang nicht sehr erfreulich. Neugierig ging er die Treppe hinunter.

»Was ist los?«, fragte er.

Seine Mutter schüttelte den Kopf. »Manchmal steckt der Teufel im Detail. Das war soeben die Umzugsfirma. Der LKW hatte wohl auf halber Strecke einen Unfall. Er wird heute nicht mehr kommen. Sie können uns auch nicht versprechen, dass der LKW bis morgen repariert werden kann. Und wie es immer so ist, haben sie zurzeit auch keinen anderen frei.«

Max und sein Vater sahen sie entgeistert an.

»Soll das heißen, wir müssen heute Nacht in diesen alten Betten schlafen?«, rief Max entsetzt. »Das kommt gar nicht infrage! Wer weiß, wie viele Leute darin schon gestorben sind.«

Max' Mutter zuckte nur mit den Schultern. »Ich fürchte, wir haben keine andere Wahl.«

»Jaja! Diesen Spruch habe ich schon hundertmal gehört. Wir hatten *keine andere Wahl*, als diese Arbeit anzunehmen. Wir hatten *keine andere Wahl* und mussten umziehen. Und jetzt haben wir *keine andere Wahl* und müssen in dieser Bruchbude hausen und in alten modrigen Betten schlafen. Ich hasse das alles!« Und mit diesem Wutausbruch ließ Max seine Eltern stehen und rannte hinaus.

Wohin, wusste er selbst nicht genau. Was auch egal war. Hauptsache, erst mal weg. Max war klar, dass sein Verhalten kindisch und ungerecht war. Niemand konnte etwas für die Situation. Er sollte sich stattdessen lieber mit seinem Vater freuen. Nicht jeder hatte das Glück, einen guten Arbeitsplatz zu bekommen. Und der hier war anscheinend ideal. Er wusste außerdem, dass seine Mutter das Häuschen gemütlich einrichten würde, auch sein Zimmer. Was war schon so schlimm daran, eine Nacht in einem alten Bett zu verbringen? Und die paar Tage mit der Röschentapete würde er auch überleben. Am besten drehte er erst mal ein paar Runden. Beim Skateboardfahren bekam er immer einen freien Kopf. Nur wo war eine geteerte Straße? Um dieses Haus herum und im Schlosshof gab es nur Kieswege. Vielleicht hatte sich ja inzwischen der Parkplatz geleert.

Max hatte Glück. Da es bereits später Nachmittag war, hatten alle Besucher die Heimfahrt angetreten. Der Parkplatz war bis auf das Auto seiner Eltern leer. Max lief hinüber und holte das Board aus dem Kofferraum. Gekonnt stellte er es ab, sprang mit einem Bein auf und schob mit dem anderen kraftvoll an. Als er genügend Geschwindigkeit hatte, ließ er das Skateboard rollen. Der Fahrtwind wehte ihm die Haare aus dem Gesicht. Die Welt begann, sich gleich besser anzufühlen.

»He! Der Parkplatz ist Privatgelände!«, rief plötzlich jemand hinter ihm. Max hielt an und drehte sich um. Ein Mädchen mit langen blonden Haaren, die zu einem Pferdeschwanz zusammengebunden waren, stand da und blickte ihn herausfordernd an. Sie trug eine abgewetzte Jeans und ein schwarzes T-Shirt, auf dem ein giftgrüner Yoda aus Star Wars prangte. Darüber stand in gleicher Farbe: »Grammatik gelernt bei Yoda du hast«. Normalerweise wäre ihm jemand, der so gekleidet war, sofort sympathisch gewesen, aber dieses Mädchen war gerade dabei, ihm seine eben erst wiedererlangte gute Laune zu verderben.

»Du darfst hier nicht einfach herumfahren. Das ist kein öffentliches Gelände«, ermahnte sie Max.

»Ich darf das sehr wohl«, erwiderte Max trotzig. »Ich wohne nämlich hier.«

»Ach ja? Und ich bin die Kaiserin von China! Mein Vater ist der Besitzer dieses Schlosses und aller Ländereien darum herum. Ich wüsste wohl davon.«

Jetzt war Max sprachlos. Offensichtlich hatte der Schlossherr auch eine Tochter. »Sag bloß, du bist die Schwester von diesem Fritz?«

Das Mädchen wirkte zunächst verwirrt, begann dann aber heftig zu lachen. Jedes Mal, wenn sie Max ansah, prustete sie erneut los.

Ohne zu wissen, was der Grund für diesen Lachanfall war, lief Max rot an. Es musste irgendwie an ihm selbst liegen. Vielleicht hing ihm ja etwas im Gesicht, womöglich ein ekliger Popel. Mit der Hand wischte er sich schnell darüber.

»Warum lachst du so blöd?«, wollte Max wissen, doch das Mädchen hatte sich noch immer nicht beruhigt. Er konnte kein Wort von dem verstehen, was sie vor sich hin kicherte. Typisch Mädchen! Mit ihnen konnte er noch nie viel anfangen. Entweder redeten sie ohne Punkt und Komma über langweilige Dinge wie Kleidung, Frisuren und Schminke oder kicherten albern. Und diese dumme Kuh war offenbar keinen Deut besser.

Noch immer kichernd, drehte sich das Mädchen um und ging. »Du hast mir soeben den Tag versüßt!«, rief sie ihm zu. »Bis zu diesem Augenblick hatte ich nichts zu lachen. Ich erlaube dir dafür, hier weiter deine einsamen Runden zu drehen.«

Max stand sprachlos da. Er wusste nicht, was er von diesem Mädchen halten sollte. Und er wusste auch nicht, was er so Witziges gesagt oder getan hatte.

»Mein Vater ist der neue Archivar!«, rief er ihr hinterher. »Ich wohne im ehemaligen Gärtnerhaus. Ich kann hier fahren, sooft ich will. Ich brauche deine Erlaubnis nicht, Prinzesschen.«

Das letzte Wort hatte offenbar gesessen. Für einen kurzen Augenblick stockte das Mädchen und ballte ihre Hände zu Fäusten.

Der Rest des Tages verlief ohne große Aufregung. Max bekam das blaue Zimmer, seine Mutter bezog mit geliehener Bettwäsche vom Hausmeister die alten Betten, zum Essen gingen sie in die Schlossgaststätte und danach spielten sie ein paar Runden Karten, die sie in der Schublade einer alten Kommode gefunden hatten. Irgendwann beschlossen sie, sich schlafen zu legen. Am nächsten Tag musste Max früh aufstehen, da er seinen ersten Schultag hatte. Zu seinem Missfallen hatten in Bayern die Ferien noch nicht begonnen.

Und so lag Max nun in seinem neuen alten Zimmer, das bereits von Menschen bewohnt worden war, die vor langer Zeit gestorben waren. Er hoffe inständig, dass sie dies nicht in diesem Bett getan hatten oder gar Punkt Mitternacht im Haus herumgeisterten. Das Bett war außerdem ungewohnt hoch. Max musste regelrecht hineinsteigen. Wenn er sich an den Rand setzte, konnte er seine Beine baumeln lassen. Unter dem Bettlaken entdecke Max eine dreiteilige alte Rosshaarmatratze, die hart und knotig war. An manchen Stellen war der Stoff schon so dünn geworden, dass die Füllung herausquoll. Außerdem roch sie muffig. Oh Gott!, dachte Max und legte sich vorsichtig hin. Hoffentlich leben hier nicht irgendwelche Krabbeltierchen. Kaum hatte er sich ausgestreckt, spürte er jede einzelne Sprungfeder und die Ritze, wo die eine Matratze aufhörte und die andere anfing. Schon nach fünf Minuten konnte er nicht mehr liegen. Unruhig wälzte er sich mal auf die eine, mal auf die andere Seite. Überall drückte es, egal wie er sich drehte.

Zwangsläufig fiel ihm das Märchen »Prinzessin auf der Erbse« ein. Die Prinzessin sah aus wie die Tochter des Schlossherrn. Sie litt Höllenqualen auf dem wackeligen Matratzenberg. Die Erbse, die darunter versteckt lag, war so groß wie ein Tennisball. Der Prinzessin schmerzte davon der Rücken so sehr, dass sie sich unruhig hin und her wälzte und dabei immer wieder vom Bett rutschte.

Kichernd schlief Max ein.

Die Strafarbeit

Am nächsten Morgen konnte Max sich gerade noch davor retten, dass seine Mutter ihn in die neue Schule brachte. Das hätte ihm zu seinem Glück noch gefehlt. Schon am ersten Tag als Warmduscher abgestempelt zu werden. Nein! Sein erster Auftritt musste cool sein. Und keine Mutter der Welt passte dazu.

»Ich könnte dich zumindest ins Sekretariat begleiten«, bot sie an.

»Nein danke!«

»Soll ich dich wenigstens fahren?«, hakte sie nach.

»Nein, nein und nochmals nein! Ich nehme das Skateboard. Und morgen kann ich ja mit meinem Fahrrad fahren, falls der Umzugswagen heute kommt.«

»Aber das Skateboard musst du nach Hause tragen. Du kannst damit nicht bergauf fahren«, gab seine Mutter zu bedenken.

Egal, dachte Max. Ein cooler Skateboardfahrer aus der Großstadt würde die hiesigen Landeier garantiert beeindrucken.

Zum Glück war sein Vater auf seiner Seite.

»Nun lass den Jungen doch! Er ist alt genug, das alleine zu

schaffen. Er weiß ja, wo die Schule liegt. Wir sind gestern daran vorbeigefahren. Sollen seine neuen Klassenkameraden ihn gleich für ein Muttersöhnchen halten?«

Dankbar schenkte Max seinem Vater einen Abschiedskuss, schnappte sich seinen Rucksack und suchte das Weite.

Gerade als er Richtung Schlosshof schlenderte, kam auch das Mädchen von gestern aus einer Seitentür des Schlosses. Sie hatte ihn Gott sei Dank nicht bemerkt. Ohne sich zu zeigen, beobachtete er, wie sie sich ein Fahrrad aus dem Nebengebäude holte und damit lossauste. Wo wohl der Bruder war? Unterwegs drehte sich Max mehrmals um, doch hinter ihm kam niemand mehr. Vielleicht war er ja schon vor seiner Schwester aus dem Haus gegangen.

Die Schule, ein privates Gymnasium mit Internat, befand sich in einem ehemaligen Kloster. Da die nächste weiterführende Schule eine Stunde mit dem Bus entfernt lag, nahm sie auch externe Schüler aus der näheren Umgebung auf. Allerdings war das zu zahlende Schulgeld nicht gerade wenig, auch wenn die Schule einiges zu bieten hatte. Nachmittags gab es ein sehr umfangreiches Kursangebot, das für jeden etwas Interessantes bereithielt. Man konnte wählen zwischen Theater, Chor, Orchester, Film, unterschiedlichen Sportarten, naturwissenschaftlichen Experimenten und bekam sogar kostenlos Nachhilfe von den Lehrern. Da sich die wenigsten Familien im Ort das hohe Schulgeld hätten leisten können, gab es für die Kinder der Gemeinde eine Stiftung, die von niemand Geringerem als Christian von Hohenstein ins Leben gerufen und finanziell großzügig ausgestattet worden war. Je nach Einkommen der Eltern wurde das Schulgeld bis zu hundert Prozent übernommen.

Der größte Nachteil aber war für Max, dass das Gymnasium eine Ganztagsschule war. Der Unterricht endete erst um 16 Uhr. Als Max zum ersten Mal davon gehört hatte, wollte er auf keinen Fall dorthin. Doch eine Stunde Busfahrt am Morgen und eine weitere am Nachmittag war auch nicht besser. Und da man ab der sechsten Klasse sowieso mindestens zweimal Nachmittagsunterricht hatte, konnte er auch gleich auf eine Ganztagsschule gehen.

Doch all das war Max jetzt egal. Mit weichen Knien stand er vor dem Eingang des Gymnasiums. Zahlreiche Schüler strömten an ihm vorbei, ohne ihn zu beachten. Jetzt wünschte sich Max doch, seine Mutter wäre etwas hartnäckiger gewesen und hätte ihn begleitet. Er schickte noch schnell ein Stoßgebet Richtung Himmel, dann betrat er seine neue Schule.

Den ersten Schüler, der Max über den Weg lief, fragte er nach dem Sekretariat, wo er sich eine Viertelstunde vor Unterrichtsbeginn melden sollte. Ein kurzer Blick auf die Uhr verriet ihm, dass er zehn Minuten zu spät war. So ein Mist! Gleich am ersten Tag.

Die Sekretärin, die ihn offenbar bereits erwartete, hätte eine Schwester von der Frau an der Schlosskasse sein können. Zumindest war sie genauso mürrisch.

»Dein Klassenlehrer Dr. Büttich hat lange genug auf dich

gewartet. Inzwischen ist er zu seiner Klasse gegangen. Ich soll dich hinbringen«, erklärte sie kurz angebunden, stand auf und rauschte davon. Max stolperte hinterher, einen langen Flur entlang, Treppen hinauf und wieder einen langen Flur entlang. Vor einer Tür mit dem Hinweisschild *Klasse 6a – Klassenlehrer: Dr. Büttich* blieb die Sekretärin stehen und klopfte an.

Ein gebrülltes »Herein!« ließ Max zusammenzucken.

»Ihr neuer Schüler ist endlich eingetroffen«, meinte die Sekretärin schnippisch und verschwand.

Wenn Max' Knie vorhin wie Wackelpudding waren, so fühlten sie sich jetzt an, als hätte man vergessen, Gelatine hinzuzugeben. Max musste sich darauf konzentrieren, einen Fuß vor den anderen zu setzen. Sein Herz raste, als würde darin ein Hochgeschwindigkeitszug seine Runden drehen. Er konnte förmlich die Blicke seiner Mitschüler spüren, wie sie ihn begutachteten und in eine Schublade steckten. Und so wie es aussah, stand darauf nicht *Coole Jungs*, sondern *Opfer*.

»Nun komm endlich herein!«, sagte sein Lehrer und winkte ihn ungeduldig zu sich.

Es folgte das peinliche Vorstellen.

»Du hast gut daran getan, schon am Ende des Schuljahres zu kommen. So können wir sehen, wo deine Defizite liegen und daran arbeiten. Nun setz dich nach hinten zu Friederike.«

Erst jetzt nahm Max seine Mitschüler wahr und das Mädchen, das alleine in der letzten Bank am Fenster saß. Es war die Tochter des Schlossherrn.

Max' Gedanken schlugen Purzelbäume. Hatte der Lehrer

sie Friederike genannt? Konnte es sein, dass sie »Fritzi« war? Gab es gar keinen Bruder? Hatte sie deshalb so gelacht?

»Sag bloß, du bist Fritzi?«, flüsterte Max ihr zu.

Das Mädchen lächelte verschmitzt.

Na, super!, dachte Max, von dem sich das Glück offenbar wieder abgewendet hatte.

Die Unterrichtsstunde verlief ohne peinliche Zwischenfälle. Zur Freude seines Lehrers, den er in Deutsch hatte, konnte Max sogar alle Fragen beantworten. Auch Friederike »Fritzi« schenkte ihm zum Glück keinerlei Beachtung. Danach ging es in die Pause, was bedeutete, möglichst unauffällig herumzustehen, beschäftigt auszusehen und dabei nicht wie ein Mauerblümchen zu wirken.

Das mit dem unauffällig klappte auf jeden Fall schon mal nicht. Kaum hatte sich Max etwas abseits postiert, tauchten drei Jungs auf. Sie gingen in dieselbe Klasse wie er, waren aber mindestens einen Kopf größer als die anderen. Vielleicht Wiederholer, dachte Max.

»Was geht ab?«, fragte der Mittlere.

Was geht ab? Wie antik war denn der Spruch? Doch statt ihm das unter die Nase zu binden, zuckte Max nur mit den Schultern. Irgendetwas an den Jungs ließ seine Alarmglocken schrillen. Wenn er etwas auf seiner alten Schule gelernt hatte, dann aufziehenden Ärger gegen den Wind zu riechen.

»Alles cool, Mann!«, meinte er und versuchte woanders hinzugehen. Doch wie er schon befürchtet hatte, stellten sich ihm die drei in den Weg.

»Du bist neu hier. Weißt noch nicht, wie die Dinge hier so laufen.« Einer der Jungen trat ganz nah an Max heran. Er war beinahe einen Kopf größer als Max und hatte kurzes blondes Haar. »Ich werd es dir erklären. Es ist ganz einfach. Du gibst mir jeden Tag Geld, sagen wir mal zwei Euro für den Anfang, und dafür werden dich meine Kumpels auf dem Nachhauseweg in Ruhe lassen. Was hältst du davon?« Der Junge grinste dämlich.

»Träum weiter!«, entgegnete Max.

»Du weißt nicht, auf was du dich einlässt, wenn du dich weigerst. Wir können dir das Leben an der Schule und in diesem Kaff zur Hölle machen. Und das willst du doch nicht, oder?«, fragte das Riesenbaby scheinheilig, als wäre es ernsthaft um Max' Wohl besorgt.

»Lassen wir es doch einfach drauf ankommen«, entgegnete Max kühn. Gegen solche Erpresserdeppen hatte er sich schon in der Grundschule wehren müssen. Sie schüchterten ihn nicht mehr ein.

Als er an ihnen vorbeigehen wollte, hielt ihn der Junge am Arm fest.

»Das solltest du nicht tun, mich anfassen«, meinte Max.

Doch statt loszulassen, wurde der Griff des Jungen fester. Jetzt sah Max rot. Sein ganzer Zorn, der sich seit Tagen angestaut hatte, schien sich nur noch im Gesicht dieses Jungen entladen zu wollen. Ohne nachzudenken, holte er mit seiner Rechten aus und platzierte sie direkt auf dessen Nase. Nicht darauf gefasst, stolperte der Junge rückwärts und fiel auf seinen dicken Hintern. Sofort wurden andere aufmerksam, leider auch ihr Klassenlehrer Dr. Büttich.

»Was geht hier vor?«, brüllte er die beiden an.

Noch ehe Max die Situation erklären konnte, begann der andere zu heulen. »Dieser Neue hat mich einfach so angegriffen. Meine Freunde und ich wollten doch nur nett zu ihm sein und ihm Hallo sagen. Ich habe ihm die Hand entgegengestreckt und er schlägt mich gleich.« Blut lief ihm aus der Nase, was den Auftritt noch theatralischer aussehen ließ.

»Der lügt!«, verteidigte sich Max. »Er hat mich erpresst. Zwei Euro sollte ich jeden Tag Schutzgeld an ihn zahlen.«

»Hat irgendjemand etwas davon gehört oder gesehen?«, fragte Dr. Büttich die Umstehenden, doch alle schüttelten nur den Kopf. »Na gut, da ich selbst nur gesehen habe, wie Maximilian Julian einen Nasenstüber verpasst hat, und hier Aussage gegen Aussage steht, werde ich wohl nur dich, Maximilian, bestrafen müssen. Aber glaubt mir, ich werde euch beide im Auge behalten. So etwas wie üble Nachrede oder gar Erpressung werden wir an dieser Schule nicht dulden. Ist das klar?«

Beide Jungen nickten schnell.

Dann wandte sich Dr. Büttich an Max. »Damit du dich etwas besser bei uns einlebst, wirst du zur Strafe ein Referat über die Geschichte des Ortes halten. Am Montag kannst du es vortragen. Und du, Julian, gehst zu Schwester Maria. Sie soll dir einen Eisbeutel für die Nase geben.« Wütend über den Vorfall, aber ohne weitere Worte zu verlieren, ging der Lehrer davon.

Julian wischte sich das Blut mit dem Handrücken ab. Sein Gesicht bebte vor Zorn. »Das werde ich dir noch heimzahlen, du Großstadtangeber! Du wirst dir noch wünschen, nie geboren worden zu sein.«

Die folgenden Unterrichtsstunden verliefen quälend langsam. Seine Banknachbarin ließ ihn weiterhin links liegen. Nur einmal, kurz nach der Pause, meinte sie, ihm einen Ratschlag bezüglich Julian und seiner Freunde geben zu müssen.

»Du hättest dich besser nicht mit diesen Idioten einlassen sollen«, flüsterte sie ihm zu, während Frau Winterschnee etwas über die Landwirtschaft in der Voralpenregion schwafelte.

»Ich habe mir die Bekanntschaft mit diesen Idioten nicht ausgesucht«, entgegnete Max.

»Julian tyrannisiert alle Fünft- und Sechstklässler aus dem Ort, denen er sich überlegen fühlt.«

Zum ersten Mal sah Max das Mädchen an. »Erpresst er dich auch?«, fragte er erstaunt.

Doch Fritzi schüttelte den Kopf. »Du vergisst, wer mein Vater ist. Bei mir würde er sich das nicht trauen. Er behandelt nur die schlecht, die unter ihm stehen. Du musst wissen, sein Vater ist der Bürgermeister, und sein schwachköpfiger Sohn ist der Meinung, dass *Proleten*, wie er sie nennt, nichts auf dieser Eliteschule zu suchen haben. Den Mist hat er von seinem Vater. Der ist auch so ein eitler Fatzke.«

»Warum wählen ihn die Leute dann?«, wunderte sich Max.

Fritzi zuckte mit der Schulter. »Er ist mit der Firma seiner

Frau der größte Arbeitgeber im Ort. Die meisten sind von ihm abhängig.«

Ehe Max weiter nachhaken konnte, wurden sie von Frau Winterschnee ermahnt.

»Gelbe Karte für euch beide. Bei der gelbroten Karte ist eine Strafarbeit fällig«, trällerte sie mit schriller Stimme.

Da Max keinen Bedarf an einem zweiten Referat hatte, schwieg er für den Rest des Schultages. Doch das half ihm nicht gegen die Attacken von Julian und seinen Freunden. Bei jeder sich bietenden Gelegenheit verpassten sie Max einen schmerzhaften Ellbogenstoß in die Rippen.

Wenigstens ließen ihn die Jungs auf dem Nachhauseweg in Ruhe. Auch von Fritzi war nichts zu sehen, und so trottete Max, das Skateboard unter dem Arm, alleine den Berg hinauf zum Schloss. Die Sonne brannte erbarmungslos vom Himmel, obwohl es bereits später Nachmittag war. Die Hitze flirrte auf dem Asphalt, Bienen und Hummeln summten unermüdlich in den Wiesen rechts und links des Weges. Nur der nahe Spessartwald versprach angenehme Kühle.

Als Max zu Hause ankam, herrschte dort absolutes Chaos. Der Möbelwagen war inzwischen eingetroffen, und seine Eltern waren damit beschäftigt, alles auszuladen und irgendwie im Haus zu verstauen. Überall in den Zimmern stapelten sich Umzugskartons, die zum Glück vorher fein säuberlich beschriftet worden waren. Immerhin landeten so die Sachen gleich an Ort und Stelle. Max bahnte sich einen Weg durch

Kisten, auf denen *Flur/Garderobe* stand, dann eilte er, immer zwei Stufen auf einmal nehmend, die Treppe hinauf in sein Zimmer.

»Deine Sachen sind alle schon oben«, rief ihm seine Mutter hinterher.

Und tatsächlich war alles da, sein Bett, sein Schrank, sein Schreibtisch und sein Bücherregal und viele, viele Kisten voll mit seinem privaten Besitztum.

Pfeif auf das Referat!, dachte Max. Jetzt wird das Ganze hier erst mal gemütlich eingerichtet.

Nach zwei Stunden war das Zimmer nicht mehr wiederzuerkennen. Die alten Möbel hatte er mithilfe der Eltern erst mal in ein unbewohntes Zimmer geräumt und seine eigenen an den richtigen Platz gestellt. Zu guter Letzt war die Blümchentapete an der Reihe. Seine Mutter hatte sich beim Schlossherrn erkundigt, ob sie entfernt werden konnte, und er gab grünes Licht. Dennoch würde Max noch ein paar Tage mit den Röschen leben müssen. Vorerst hatte seine Mutter keine Zeit, sein Zimmer neu zu tapezieren.

Beim Abendessen beichtete Max die aufgebrummte Strafarbeit und die Konfrontation mit Julian, ließ aber den Erpressungsversuch weg. Er wollte nicht, dass seine Mutter sich schon in der ersten Woche beim Rektor beschwerte.

»Gewalt ist keine Lösung. Du hättest dich auch mit Worten wehren können«, meinte sein Vater.

»Ach ja? Der Typ ist echt scheiße!«, protestierte Max und bekam sofort einen Rüffel von seiner Mutter.

»Als ob ausgerechnet du dich so blöd anmachen lassen würdest!«, schnauzte Max zurück. »Hast du überhaupt eine Ahnung, wie es ist, wenn man den ganzen Tag gegen den Oberarm geboxt und geschubst wird? Nur um nicht noch mehr Ärger an dieser dämlichen Schule zu bekommen, habe ich mir das alles gefallen lassen. Findest du das wirklich richtig? Wenn ihr mich nicht hierhergeschleppt hättet, wäre ich diesem beschissenen Julian gar nicht erst begegnet. Zu Hause habe ich mich mit niemandem prügeln müssen. Da hatte ich nämlich Freunde.«

»Wenn du möchtest, rede ich mit deinem Lehrer«, versuchte seine Mutter ihn zu beschwichtigen.

»Um diesem Typen erst recht einen Grund zu geben, mich zu nerven? Kommt ja gar nicht infrage. Du würdest es bestimmt nur schlimmer machen«, brauste Max auf.

»Na schön!«, meinte seine Mutter. »Wenn die Schikanen aber zunehmen, stehe ich bei deinem Rektor auf der Matte.«

Damit konnte Max leben. Aber das Problem mit der Strafarbeit blieb.

»Kannst du mir bei dem Referat helfen, Papa?«, bat Max.

Doch sein Vater schüttelte den Kopf. »Ich habe leider keine Zeit dafür. Außerdem lernst du sonst nichts aus deinem Fehler.«

Am liebsten hätte Max laut geschrien: »Welchen Fehler?«, aber das hätte nur zu noch mehr Diskussionen geführt. Also schluckte er den belehrenden Kommentar seines Vaters hinunter.

»Haben wir wenigstens schon Internetanschluss? Vielleicht steht ja was in Wikipedia«, hoffte Max.

Doch erneut musste ihn sein Vater enttäuschen. »Zum einen weiß ich von eigenen Recherchen, dass du im Netz nicht weit kommst, und zum anderen haben wir vorerst keinen Anschluss hier. In diesen alten Gemäuern funktioniert offenbar nichts, was mit moderner Lebensweise zu tun hat.«

Leider hatte das Max schon selbst festgestellt. Das Stromnetz war veraltet und eine kostspielige Erneuerung erst im nächsten Jahr geplant. Das bedeutete, dass es im ganzen Haus kaum Steckdosen gab, die nicht aus dem ersten Drittel des 20. Jahrhunderts stammten. Für Ladegeräte waren sie absolut untauglich.

»Am besten, du gehst morgen nach der Schule in die Schlossbibliothek. Dort gibt es eine ganze Regalreihe mit Büchern zur Ortsgeschichte.«

»Kannst du wenigstens mit mir dahin gehen?«, bettelte Max erneut.

»Tut mir leid, Großer. Morgen Nachmittag habe ich einen auswärtigen Termin. Aber ich erkläre dir den Weg dorthin.« Darauf folgte eine eher umständliche Beschreibung, damit Max auch ohne ihn die Bibliothek finden würde.

Um 21 Uhr lag Max schließlich erschöpft in seinem eigenen Bett, in dem erfreulicherweise noch niemand gestorben war und das nicht nach Moder roch. Um ihn herum an den Wänden hingen Plakate von coolen Skateboardstunts, Poster von

Bands aus irgendwelchen Zeitschriften und eine große Fahne seines Lieblingsfußballvereins St. Pauli. Max schlief einigermaßen versöhnt mit der Welt ein. Nur dass er sich von diesem Julian hatte provozieren lassen und er nun ein Referat halten musste, ärgerte ihn immer noch.

Das geheimnisvolle Buch

Gleich nach dem Unterricht, der bis auf die nervigen Rempeleien und Drohungen von Julian und seinen Freunden ereignislos verlief, ging Max zum Schloss hinüber. Sein Vater hatte ihm eine Grundrissskizze der Bibliothek angefertigt, in die er Richtungspfeile eingetragen hatte. Daneben lag ein weiterer Zettel, an dem ein Schlüssel klebte. Nur mit Mühe konnte Max die krakelige Handschrift seines Vaters entziffern. Wie ein Erstklässler kam er sich vor, als er las:

Benutze bitte den Dienstboteneingang auf der rechten Seite des Schlosses. Durch die Prunkräume darfst du nicht alleine gehen. Papa.

Max schnappte sich Plan und Schlüssel und lief hinüber zum Schloss. Vor dem Personaleingang blieb er kurz stehen und sah sich um. Irgendwie hatte er gehofft, dass sein Vater doch noch auftauchen würde. Aber Fehlanzeige. Also musste er wohl alleine die Bibliothek finden. Zögernd steckte er den Schlüssel ins Schloss. Er passte und die Tür ließ sich auch leicht aufsperren. Sie war unscheinbar und von Weitem sogar kaum von dem Mauerwerk zu unterscheiden. Entsprechend schmucklos und düster war auch das dahinter liegende Treppenhaus. Angewidert rümpfte Max die Nase, als er eintrat. Hier roch es noch muffiger als im Gärtnerhaus. Durch ein winziges Fenster über der Tür und ein paar weitere im Treppenhaus fiel etwas Licht. Eine schmale Stiege führte hinauf in die oberen Stockwerke. Laut dem Plan seines Vaters musste er in den dritten Stock hinauf. Mit jedem Schritt knarrten die hölzernen Stufen und Max zuckte jedes Mal zusammen. Noch nie in seinem Leben war er alleine in einem Schloss gewesen. Er musste plötzlich an all die Gruselfilme denken. Wenn nur das unheimliche Knarren aufhören würde. Mit klopfendem Herzen drang er immer tiefer in das alte Gemäuer vor. Auf jedem Stockwerk zweigten enge, stockfinstere Gänge ab. Oben im dritten Stock war es nicht viel besser. Musste er wirklich da hinein? Auf dem Plan war kaum noch etwas zu erkennen. Zaghaft tastete Max im Flur nach einem Lichtschalter. Seine Hand fuhr an der rauen Wand entlang, bis sie schließlich eine altmodische Stromleitung fand, die wie im Gärtnerhaus nicht unter Putz gelegt worden war. Er folgte dem Kabel bis zu einem alten flügelförmigen Keramikknauf. In einem Schloss wie diesem schaltete man das Licht nicht an, sondern man drehte es an. Also drehte Max am Knauf und nach kurzem Aufflackern wurde es hell. Max blickte wieder auf den Plan. Er sollte bis zum Ende des Gangs gehen. Dort würde sich dann hinter der letzten Tür die Bibliothek verbergen. Also gut! Max wagte sich in den Flur hinein, in dem sich rechts und links mehrere ausgesprochen schmale Türen befanden.

Im Urlaub war Max mit seinen Eltern mal in einem ähnlichen Schloss gewesen. Damals war ihnen bei der Führung erklärt worden, dass man in jedes Zimmer durch eine verborgene Tür kam. Sie wurde vom Dienstpersonal benutzt, das stets lautlos und unsichtbar zu arbeiten hatte. Es gab sogar ein Türchen, das an eine Katzenklappe erinnerte. In Wirklichkeit war es aber die Rückwand eines Klostuhls. Machte man sie auf, blickte man direkt in das Unterschränkchen mit dem herausnehmbaren Nachttopf. Und so war es auch in diesem Schloss. Der Gang, in dem er sich befand, wurde ursprünglich nicht von der Schlossfamilie, sondern von deren Personal benutzt. Ob das heute auch noch so war? Am liebsten hätte Max eine Tür geöffnet. Nur um zu sehen, wie es dahinter aussah. Aber was, wenn eine Schlossaufsicht oder jemand der Familie von Hohenstein ihn dabei erwischte? Die musste ja auch irgendwo im Schloss wohnen. Besser nicht, dachte Max. Doch dann entdeckte er einen Speisenaufzug und seine Neugier war nicht mehr zu stoppen. Was konnte schon schlimm daran sein, zumindest den Aufzug mal zu öffnen. Voller Spannung schob er die beiden Türchen auseinander und blickte hinein. Nichts als gähnende Schwärze. Mit einer Taschenlampe hätte er vermutlich bis hinunter zur Küche sehen können. Enttäuscht machte Max den Aufzug wieder zu und schritt weiter den Gang entlang. Endlich stand er vor der Tür zur Bibliothek.

Max erwartete ein markerschütterndes Quietschen, aber die Tür schwang wie von Geisterhand völlig lautlos auf, was nicht weniger gruselig war. Ehrfürchtig betrat er den Raum und schloss die Tür hinter sich. Kaum war sie zu, war sie auch schon nicht mehr zu sehen. Wo Max auch hinschaute, waren Bücher, auch da, wo eigentlich die Tür sein sollte. Nur eine kleine Öffnung, eine Lücke in der Bücherreihe, ließ eine Türklinke vermuten.

Sofort fand Max die Bibliothek unheimlich. Das lag nicht nur an dem Geruch antiker Bücher oder dem jahrhundertealten Staub, der auf ihnen lag. Es waren auch nicht allein die gespenstischen beigegrauen Vorhänge an den Fenstern, die den Raum vor zu viel Sonnenlicht schützten. In dieser Bibliothek herrschte eine eigenartige Stille. Sie war beinahe spürbar. Max wagte kaum zu atmen. Auf Zehenspitzen bewegte er sich durch den Raum und betrachtete die Buchrücken. Es waren tausende. Die Regale an den Wänden waren gefüllt mit dicken braunen Ledereinbänden. Staunend ging Max an den uralten Büchern vorbei. Generationen von Schlossherren mussten sie angesammelt haben. Aber wo war das Regal mit den Büchern zur Geschichte des Ortes? Max überlegte angestrengt, was sein Vater gesagt hatte. War es auf der rechten oder linken Seite? Er wusste es nicht mehr. Also suchte er die Regale der Reihe nach ab. Die meisten Buchrücken konnte er nicht entziffern. Ihre Goldlettern waren verblasst oder abgegangen. Ehrfürchtig las Max die Titel, deren Bedeutung sich ihm manchmal entzog, weil ihm die Sprache fremd war. Die meisten jedoch hatten gar keinen Titel. Aber bei denen war es egal. Sie waren sowieso viel zu alt. Hastig suchte er die Bücherreihen nach Literatur neueren Datums ab. Er wollte so schnell wie möglich raus hier. Aus irgendeinem Grund fand er die Bibliothek beklemmend. Als er auf dem Rücken eines Buches einen rostbraunen Fleck entdeckte, musste er sogar an Blut denken.

»Das ist albern, Maximilian!«, ermahnte er sich selbst. »Hier sind nur Bücher. Tausende Bücher und du. Auf jeden Fall nicht der Geist eines früheren Schlossbesitzers, der sich nicht von seinen gedruckten Schätzen trennen kann.«

Doch schon bereute er den Gedanken. Wie kam er nur immer auf so einen Blödsinn, noch dazu in so unpassenden Situationen.

»Reiß dich zusammen!«, befahl er sich laut. »Konzentriere dich, dann bist du schneller wieder draußen.«

Max zwang sich, nicht mehr an Geister zu denken. Stattdessen galt seine ganze Aufmerksamkeit den Büchern. Die Regalreihen waren endlos, und Max war schon kurz davor aufzugeben, als er ein Fach mit neuerer Literatur entdeckte. Erfreut las er Titel wie »Unser Landkreis Main-Spessart«, »Der Bayerische Spessart in alten Ansichten« oder »Die Spessarträuber – Legende und Wirklichkeit«. Die gesuchten Bücher mussten also hier irgendwo stehen.

Seine Augen wanderten über die Buchrücken, als plötzlich die Stille durch einen lauten Knall durchbrochen wurde. Max zuckte erschrocken zusammen. Ein Buch war aus dem Regal gefallen, ihm direkt vor die Füße. Wie gruselig war das denn? Er hatte doch keines der Bücher angefasst. Verwundert hob Max es auf. Es war schon alt und ganz verstaubt. Als er darüberpustete, flog eine regelrechte Staubwolke auf, die Max husten ließ. Neugierig las er den Titel: »Von den merkwürdigen Begebenheiten Hohensteins«. Das Buch zog ihn vom ersten Augenblick an magisch in seinen Bann. Als hätte nicht er sich das Buch ausgesucht, sondern das Buch ihn. Das Referat hatte er längst vergessen. Er wollte nur noch eines, dieses Buch lesen. Ohne die anderen Bücher noch eines Blickes zu würdigen, stahl er sich davon, das Buch fest umklammert.

Als Max hinaus ins Freie trat, musste er blinzeln. Das Licht war grell und die Julisonne stach selbst am späten Nachmittag noch erbarmungslos vom Himmel. Obwohl es so heiß und drückend war, stand ihm der Sinn nicht nach daheim herumsitzen. Das Buch kribbelte förmlich in seinen Fingern. Max wollte es lesen, alleine und jetzt sofort. Aber wo? Da fiel ihm die große Buche ein. Er hatte sie heute Nachmittag auf seinem Nachhauseweg von der Schule entdeckt. Sie stand unterhalb des Schlosses abseits der Straße inmitten einer alten Streuobstwiese. In ihrem Schatten konnte man es sich bestimmt gemütlich machen und in aller Ruhe das geheimnisvolle Buch durchblättern.

Der Platz unter der Buche war einfach herrlich. Zum ersten Mal seit seiner Ankunft fühlte sich Max wohl. Alles um ihn herum war so friedlich, wie er es aus Hamburg nicht kannte. In der Stadt war es nie still. Immer waren Autos zu hören. Aber hier war alles anders. Hinter ihm erhob sich eindrucksvoll und auch ein bisschen majestätisch Schloss Hohenstein. Vor ihm lag eine grüne Wiese, in der es nur so flatterte und summte, und noch weiter unten konnte man die roten Dächer des Ortes sehen. Max hing seinen Gedanken nach, beobachtete einen Schmetterling bei seinen tänzelnden Flugübungen, als sein Blick auf den nahen Spessartwald fiel. Dunkel und undurchdringlich wirkte er von Weitem. Max konnte sich gut vorstellen, dass sich darin Räuberbanden versteckt hielten.

Plötzlich blieb sein Blick an etwas haften. Nicht an den dicht wachsenden Sträuchern und jungen Birkenbäumchen am Waldrand, vielmehr an dem, was sich dazwischen zu bewegen schien, etwas Großes, Schwarzes. Max glaubte sogar zwei leuchtende Augen zu sehen. Ihm wurde kalt. Es war, als legte sich ein Schatten auf seine Seele. Wurde er beobachtet? Aber von wem, oder sollte er besser fragen, von was? So plötzlich wie das beklemmende Gefühl gekommen war, war es auch wieder verschwunden und mit ihm das unheimliche Wesen. Nichts Finsteres verbarg sich mehr am Waldrand. Vermutlich lag es an den vielen Räubergeschichten und seiner viel zu üppigen Fantasie. Sein Vater hatte gestern Abend ein unheimliches Spessartgedicht aufgesagt, dessen Anfang sich Max gemerkt hatte. Es begann so:

»Siehst du dort den Strauch sich regen?
Hörst du nicht ein ängstlich Wimmern?
Siehst du nicht die roten Flammen
Dort aus dem Gebüsche schimmern?«

Wie es weiterging, wusste er nicht mehr. Irgendwas mit Geisterräubern. Auf jeden Fall war in dem Gedicht auch von einem roten Aufleuchten die Rede. Max blickte noch einmal zum Wald hinüber, aber sosehr er sich auch konzentrierte, es war außer Bäumen und Sträuchern nichts zu sehen.

Um sich wieder auf andere Gedanken zu bringen, lenkte Max seine Aufmerksamkeit auf das Buch. Ein eigenartiges Kribbeln durchfuhr ihn erneut, als er es aufschlug und aufgeregt darin blätterte. Er fand viele alte Ansichten von dem Ort, dem Schloss und dem Wald. Bei einer Kapitelüberschrift blieb Max hängen. Sie lautete:

»*Von dem spurlosen Verschwinden der kleinen Friederike von Hohenstein im Jahre 1649*«.

Max begann zu lesen, kam aber nicht weit.

»Was tust du hier? Das ist mein Platz.«

Vor ihm stand Fritzi. Sie hatte ihre Arme in die Hüften gestemmt und funkelte ihn wütend an.

»Was soll das heißen? Warum sollte das dein Platz sein? Wer zuerst kommt, mahlt zuerst. Hast du den Spruch schon mal gehört?«, konterte Max, der sich nicht vertreiben lassen wollte. Was bildete sich diese adelige Ziege eigentlich ein?

»Das mag sein, aber ich habe die älteren Rechte«, beharrte Fritzi stur. »Ich bin hierhergekommen, um zu entspannen. Aber das kann ich nicht, wenn noch jemand da ist. Das ist jetzt nicht persönlich gemeint. Selbst wenn du der Papst wärst, müsstest du jetzt gehen.«

»Wie du so schön sagst, ich bin nicht der Papst. Und du

bist nicht die Alleinherrscherin des Universums. Du hast mir also nichts zu sagen. Entweder du erträgst meine Gesellschaft oder *du* gehst.« Max lächelte sie freundlich an. »Übrigens wäre ich auch gerne alleine, nur so als kleiner Tipp.«

Fritzi schnaufte. Max konnte förmlich sehen, wie es in ihr arbeitete. Er konnte auch sehen, dass sie zu einem erfreulichen Ergebnis kam. Ihre Augen blitzten vergnügt auf.

»Wenn du wüsstest, was das hier für ein Platz ist, fändest du ihn vermutlich weniger entspannend.« Diesen Satz ließ sie im Raum stehen und wartete. Wie ein Angler, der seinen Haken ausgeworfen hatte. Und Max biss prompt an.

»Wie meinst du das?«, fragte er etwas verunsichert.

»Oh, du weißt also nichts von den tragischen Ereignissen vor langer, langer Zeit?« Fritzi machte eine bedeutungsschwere Pause, ehe sie zu berichten begann.

»Dies hier war schon vor mir der Lieblingsplatz eines Mädchens. Es war so alt wie ich, als es für immer spurlos verschwand. Das war im Jahr 1649. Weil sein Vater so traurig war, ließ er zur Erinnerung ein steinernes Abbild von seiner kleinen Tochter anfertigen. Er stellte es auf einen Sockel direkt vor diesen Baum.« Mit theatralischer Stimme fügte sie noch hinzu: »So hatte er einen Ort für seine Trauer gefunden.«

Max' Gedanken schlugen Purzelbäume. Ging es in dieser Geschichte um das Mädchen aus dem Buch? Gebannt hing er an Fritzis Lippen.

»Im Laufe der Jahrzehnte wuchs der Baum und sein Stamm wurde von Jahr zu Jahr kräftiger. Die Buche schloss das Abbild mehr und mehr ein, bis nur noch das traurige Gesicht des Mädchens zu sehen war.«

Max folgte Fritzis Blick den kräftigen Baumstamm hinauf. Ihm stockte der Atem, als er sah, wovon Fritzi sprach. Ein liebliches Kindergesicht, sorgfältig aus weißem Marmor geschlagen, blickte traurig in die Ferne. Der Baumstamm war um die Skulptur herumgewachsen und hatte sie buchstäblich verschlungen.

»Die Legende sagt, dass eines Tages ein Nachkomme des Schuldigen auftauchen würde, der für das Verschwinden und vermutlich den Tod des Mädchens verantwortlich ist. Und der soll das geschehene Unrecht wiedergutmachen.«

»Und wie?«

»Ganz einfach: Er muss einen Nachkommen des Mädchens aus höchster Not retten. An diesem Tag dann werden die Seelen des kleinen Mädchens und des Schuldigen Frieden finden. Dann wird auch das traurige Gesicht vollständig von dem Baum umwachsen sein.«

Max hatte beim Zuhören eine Gänsehaut bekommen. Auch wenn er nicht an solche Geschichten glaubte, jagten sie ihm stets einen Schauer über den Rücken.

»Es wird wohl nicht mehr lange dauern«, meinte Fritzi.

Max war so in Gedanken versunken, dass er ihr nicht mehr folgen konnte. »Was wird nicht mehr lange dauern?«

»Bis die Legende in Erfüllung geht. Das Gesicht ist ja kaum noch zu sehen.« Fritzi deutete nach oben zu dem steinernen Abbild.

Am liebsten hätte Max gefragt, was dem Mädchen zugestoßen war, aber Fritzi wechselte plötzlich das Thema.

»Was liest du da eigentlich? Ist das nicht ein Buch aus unserer Bibliothek? Einige von denen haben auch solche Signaturen.«

Eigentlich hätte Max ihr ruhig sagen können, dass das Buch aus der Schlossbibliothek war, aber irgendetwas hielt ihn davon ab. Er wollte es für sich alleine haben, vor allem wollte er das Kapitel über das verschwundene Mädchen in Ruhe lesen.

»Ich überlasse dir den Platz. Du hast gewonnen.« Max stand auf und ging davon, ohne Fritzi eine Antwort zu geben.

Völlig verdutzt sah sie ihm hinterher.

Das verschwundene Mädchen

Kaum hatte Max das Gärtnerhaus betreten, wurde er von seiner Mutter gebeten, ihr beim Möbelrücken zu helfen. Danach gab es Abendessen. Erst als Max in seinem Bett lag, hatte er endlich Zeit, das Kapitel über das verschwundene Mädchen zu lesen. Aufgeregt blätterte er die Seiten durch, bis er die gesuchte Stelle fand. In dem Augenblick, als er die Überschrift las, war Max abgetaucht in eine längst vergangene Zeit. Er bemerkte nicht mal das aufkommende Gewitter, so sehr zog ihn die Geschichte in seinen Bann.

Von dem spurlosen Verschwinden
der kleinen Friederike von Hohenstein
im Jahre 1649

Eine der schrecklichsten Tragödien, die unserer geliebten Heimat jemals widerfahren war, ereignete sich am helllichten Tag des 17. Juli im Jahr 1649. Der auf das Grauenvollste wütende und brandschatzende Dreißigjährige Krieg war gerade erst vor einem Jahr beendet worden. Viele herrenlose Soldaten, Deserteure und heimatlose Bauernfamilien zogen durch die deutschen

Lande. In ihrer Not schlossen sie sich zu marodierenden Räuberbanden zusammen und überfielen Gasthäuser, Höfe und Reisende. Der dichte Spessartwald mit seinen zahlreichen Verstecken und vielen wechselnden Herrschaftsgrenzen bot für sie eine ideale Grundlage. Immer wieder wurden die Straßen Schauplätze spektakulärer Raubüberfälle, an die noch heute zahlreiche Gedenksteine erinnern. Eines dieser schrecklichen Verbrechen geschah im Wald auf dem Weg von Schloss Hohenstein hinab in unser geliebtes Heimatstädtchen. Der Weg war wie alle Wege damals wenig befahren und schlecht. Schatten riesengroßer Fichten, Buchen sowie uralter Eichen verfinsterten den schmalen Fahrweg. Die herrschaftliche Kutsche war gerade dabei, die elfjährige Friederike von Hohenstein mit ihrem Kindermädchen zu ihrer Tante nach Wertheim zu bringen. Der Grund für diese beschwerliche und, wie sich zeigen sollte, gefährliche Reise ist nicht bekannt. Doch nur wenige hundert Meter vom elterlichen Schloss entfernt wurde die Kutsche Opfer eines gemeinen Überfalls. Eine ausgehobene Grube auf dem Fahrweg hatte zum Achsbruch geführt. In genau diesem Augenblick sprangen ein Dutzend maskierte Männer aus dem Gebüsch. Sie zogen den Kutscher vom Kutschbock und die sechs Begleitsoldaten von ihren Pferden und erschlugen sie aufs Brutalste. Dann zündeten sie Rauchbomben, die sie ins Wageninnere warfen. Die Insassen, Friederike von Hohenstein und ihr Kindermädchen, taumelten angsterfüllt aus der Kutsche und wurden sofort gefesselt und geknebelt. Mit einem Pflugeisen brachen die Räuber die Reisetruhe auf und entwendeten alle Wertgegenstände. Danach händigten sie dem Kindermädchen einen Brief aus, in dem die Höhe des Lösegeldes und der Übergabeort standen. Mit Friederike als Beute verschwand die Bande im Dunkel des Waldes. Am liebsten hätte Baron von Hohenstein seine Soldaten den Wald durchkämmen lassen, aber die Drohung im Brief war überdeutlich. Sollte auch nur ein Soldat zu sehen sein, würden die Räuber nicht zögern, dem Mädchen die Kehle durchzuschneiden. Zähneknirschend war der Schlossherr zu einer Geldübergabe bereit. Doch irgendetwas, die historischen Quellen schweigen darüber, schlug fehl. Sowohl das Mädchen als auch die 500 Silbergulden blieben für immer verschwunden. Die Räuberbande aber wurde dank des damaligen Amtmanns gefasst und hingerichtet. Trotz qualvoller Folter gaben die Räuber nichts über Friederikes Schicksal oder den Verbleib des Lösegeldes bekannt. Die Frauen der Räuber steckte man kurzerhand ins Gefängnis, die Kinder wurden zur Disziplinierung in ein Waisenhaus nach Würzburg gebracht. Was mit Friederike von Hohenstein geschah, bleibt bis heute ein Rätsel. Das Geld ist ebenfalls nie wieder aufgetaucht. Nachdem es auch Wochen nach der Entführung kein Lebenszeichen von Friederike gegeben hatte, wurde sie von ihrem Vater für tot gehalten. Er glaubte fest, dass seine Tochter von den Räubern umgebracht und irgendwo im Wald begraben worden war. An der Stelle, wo Friederike entführt wurde, erinnert ein Gedenkstein an das schändliche Verbrechen. Wie sehr noch heute diese Tat uns alle anrührt, wird an den von der Familie von Hohenstein wöchentlich niedergelegten Blumen deutlich. Auch wird vor Ort von unserem Pfarrer regelmäßig ein Gebet für die verstorbene Seele des Mädchens gesprochen und eine Kerze entzündet.

Danach folgte die Legende von dem steinernen Abbild Friederikes.

Kaum hatte Max das Kapitel zu Ende gelesen, durchbrach lauter Donner die Stille. Der angekündigte Gewittersturm riss an den Fensterläden und schlug sie auf und zu. Max sprang aus dem Bett und öffnete das Fenster. Die schwüle Sommerhitze hatte sich schlagartig abgekühlt. Der Wind wehte Blätter ins Zimmer und machte es Max unmöglich, die Läden zu schließen. Es war, als würde jemand von außen dagegenhalten. Grelle Blitze jagten durch die Nacht und tauchten sie jedes Mal für den Bruchteil von Sekunden in grelles Licht. Max' Blick fiel hinüber zum Schloss. Schwarz und mächtig erhob es sich aus der Dunkelheit und erinnerte an einen Gruselfilm. Bei jedem Blitz zuckte Max zusammen. Fast fürchtete er, einen Vampir an einem der Fenster zu entdecken. Aber stattdessen jagte ihm etwas anderes eine Heidenangst ein. Es war eine Bewegung, die er unten vor dem Haus wahrnahm. Wie heute Nachmittag am Waldrand glaubte Max, etwas Großes, Dunkles zu sehen, ein unheimliches Wesen mit leuchtend roten Augen. Doch bei näherem Hinsehen war es wieder verschwunden. Ein Trugbild? Bei diesem Szenario wunderte es Max nicht. So schnell er konnte, zog er die beiden Läden zu und verriegelte sie. Danach schloss er das Fenster. Wie er Gewitter hasste. Vermutlich war das irgendein streunendes Tier, das einen Unterschlupf suchte. Das Ärmste! Schnell kroch Max wieder ins Bett. Er musste an die Familien der Räuber denken. Sein Vater hatte erzählt, dass die Menschen damals meist keine andere Wahl hatten. Jeder versuchte nur irgendwie zu überleben. Viele zogen schon als Kinder mittel- und heimatlos umher. Es war ein Teufelskreis, der sich über Generationen fortsetzte. Räuberbanden trieben bis in das frühe 19. Jahrhundert hinein ihr Unwesen im Spessart. Wie hatte sein Vater gesagt? »Sie wurden von Gaunern geboren, zu Gaunern erzogen und lebten als Gauner.« Irgendwie taten Max die Räuber oder besser gesagt deren Kinder leid.

Was wohl mit Friederike passiert war? Für den morgigen Tag, der Gott sei Dank ein Samstag war, nahm er sich fest vor, den Gedenkstein zu suchen. Und dann kam Max noch ein weiterer Gedanke. Was, wenn das Lösegeld noch irgendwo da draußen im Wald war? So viel Geld zu finden, wäre absolut cool. Wie viel wohl die 500 Silbergulden heute wert waren?

Vielleicht müsste sein Vater dann gar nicht mehr arbeiten und sie könnten wieder zurück nach Hamburg ziehen. Und Julian wäre er dann auch für immer los. Der Gedanke gefiel Max. Vielleicht sollte er mehr über diese merkwürdige Geschichte in Erfahrung bringen.

Der erste Traum

Um Max herum war es düster. Es musste ein paarmal die Augen zusammenkeifen, ehe er etwas in dem schwachen Licht erkennen konnte. Rauch biss ihm in Augen und Lunge und ließ ihn husten. Max sah sich um. Sofort fiel sein Blick auf eine offene gemauerte Feuerstelle, die für die beißenden Schwaden verantwortlich war. Ohne jeglichen Rauchfang stieg der Qualm nach oben und verteilte sich unter einem mit Stroh gedeckten Dach. Ein Großteil entwich durch Ritzen zwischen den Halmbündeln, der Rest aber blieb in der Hütte und machte das Leben darin unerträglich. Auf dem Boden war altes Stroh ausgelegt, in einer Ecke war es zu einem großen Haufen zusammengescharrt worden. Zwei Kinder, etwa drei und fünf Jahre alt, kauerten ängstlich darauf. Ihre Augen glänzten wie Sterne am nächtlichen Himmel, so weiß hoben sie sich von den vor Schmutz strotzenden Gesichtern ab. Ihre Körper waren ausgemergelt und die zerschlissene Kleidung war viel zu groß für sie. Die nackten Füße waren schwarz. In der Mitte des Raumes stand ein Tisch, auf dem schmutzige Holzschalen lagen. Fliegen hatten sich in ihnen niedergelassen und befreiten sie von den Breirückständen. Auf dem Boden stolzierten magere Hühner umher und hinterließen gackernd ihren Unrat.

»Wer seid ihr?«, fragte er die beiden Kinder, bekam aber keine Antwort.

»Könnt ihr mich nicht hören?« Wieder erhielt Max keine Auskunft. »He, ihr zwei! Warum sagt ihr nichts? Wo bin ich hier? Wie bin ich hierhergekommen?« Frage um Frage rief er den beiden Kindern zu, aber sie antworteten nicht. Er wollte sich gerade zu ihnen hinunterbeugen, als die Tür aufging. Ein Junge in seinem Alter mit ungekämmten, struppigen braunen Haaren und ebenso ärmlich gekleidet wurde brutal in die Hütte gestoßen. Er trug einen Stapel Holzscheite, den er nun bei seinem Sturz fallen ließ. Sofort bekam er dafür von dem Mann, der ihm folgte, einen weiteren Tritt mit seinen riesigen Lederstiefeln verpasst.

»Du ungeschickter Tölpel!«, brüllte der Mann. »Du bist wie deine stinkende Mutter zu nichts zu gebrauchen.« Dann beugte er sich zu ihm hinunter, packte den Jungen vorne am Hemd und zog ihn zu sich heran. »Wage es ja nicht, wie sie davonzulaufen. Ich garantiere dir, einer meiner Leute wird dich finden und wieder zurückbringen. Und dann gnade dir Gott!« Er ließ den Jungen los. »Und jetzt sieh zu, dass du uns etwas zu essen machst!«

Max konnte beinahe jeden Tritt spüren, den der Junge bekommen hatte. Er spürte sie auf seinem Rücken und auf seinem Allerwertesten. Der Mann machte ihm ungeheure Angst. Er war groß und kräftig, etwa dreißig Jahre alt, unrasiert und hatte kurz geschnittenes dunkles Haar. Sein pockennarbiges Gesicht wies zahlreiche Scharten auf. Er trug eine lederne

Kappe, eine lange abgetragene Hose und eine kostbar aussehende rotbraune Weste mit zwei glänzenden Knopfreihen, die nicht zur übrigen Kleidung passen wollte.

Max ging blitzschnell in der dunkelsten Ecke des Raumes hinter einem Hackklotz in Deckung und betete, dass ihn niemand sah.

Jetzt betraten noch mehr Männer den Raum. Sie waren nicht ganz so vornehm gekleidet. Manche hatten Brandnarben in ihren Gesichtern oder gespaltene Ohrläppchen.

Verbrecher!, schoss es Max durch den Kopf. Verbrecher von der übelsten Sorte. Die meisten von ihnen hatten offenbar schon Bekanntschaft mit dem Gesetz gemacht. Brandeisen und Messer von Henkern hatten ihre Spuren hinterlassen und ihre Missetaten für jedermann kenntlich gemacht.

Max wollte nur noch eins, raus hier, und zwar schnell. Doch noch wagte er sich nicht aus seiner Deckung. Das Warten erschien ihm wie ein halbes Leben. Irgendwann aber saßen alle um den Tisch und prosteten sich lärmend mit Wein zu. Der Zeitpunkt zur Flucht war ideal. Max wollte sich gerade aus seinem Versteck wagen, als plötzlich der Junge an den Hackklotz zu ihm trat. In seiner linken Hand hielt er ein Stück Fleisch, in seiner rechten ein scharfes Beil. Max stockte der Atem. Der Junge musste ihn sehen. Er stand genau über ihm, doch nichts deutete darauf hin, dass er ihn erkannte.

»Bitte, verrate mich nicht!«, flüsterte er dem Jungen zu.

Aber dieser hob nur ungerührt das Beil und schlug zu. Max zuckte zusammen, doch die Klinge traf das Fleisch. Wie die beiden jüngeren Kinder nahm auch der ältere Junge ihn nicht wahr. Nachdem das Fleisch zerkleinert war, ging er wieder zum Herd zurück und ließ Max in seinem Versteck allein.

Inzwischen war das Grölen der Männer lauter geworden. Niemand würde ihn beachten.

Auf allen vieren kroch Max zur Tür. Er musste sich strecken, um mit den Fingerspitzen den hölzernen Türriegel anzuheben. Mit letzter Kraft schaffte er es.

Die Tür schwang auf und die tief stehende Sonne blendete ihn. Dann wachte er schweißgebadet auf.

Am Kalten Stein

Zum Glück war es Samstag und kein Wecker zwang Max, schon um 6.30 Uhr aufzustehen. Nachdem er aus dem merkwürdigen Traum heute Nacht hochgeschreckt war, konnte er lange nicht einschlafen. Nun lag er wach, aber immer noch hundemüde unter seiner Bettdecke und versteckte sich vor der morgendlichen Helligkeit. Max' Gedanken waren bei seinem Traum. Alles hatte sich so echt angefühlt. Er konnte sich noch an jedes Detail erinnern. Sonst blieben von einem Traum meist nur Erinnerungsfetzen oder Gefühle zurück, aber dieses Mal war es anders. Als wäre er wirklich in dieser schäbigen Hütte gewesen. Fast glaubte er, die Tritte zu spüren, die der Junge einstecken musste. Schuld daran war sicherlich seine Bettlektüre gewesen. Max erinnerte sich noch, dass er zuletzt an die Kinder der Spessarträuber gedacht hatte und dass sie ihm leidtaten. Und diese letzten Gedanken vorm Einschlafen hatte er wohl im Traum verarbeitet.

»Max! Anton! Frühstück ist fertig!«, rief seine Mutter von unten.

Max schälte sich aus seiner Decke und warf einen Blick auf den Wecker. 8.30 Uhr. Typisch Mama! Nur weil sie morgens nicht so lange schlafen konnte, durften es andere auch nicht.

»Wenigstens am Wochenende sollte man als Familie den Tag gemeinsam mit einem gemütlichen Frühstück beginnen«, war ihr Motto. Sie um noch etwas Schlaf zu bitten, war zwecklos.

»Wie kommst du mit deinem Referat voran?«, erkundigte sich sein Vater, nachdem er sich seine zweite Tasse Kaffee eingeschenkt hatte. »Hast du in der Bibliothek etwas Brauchbares gefunden?« Gestern Abend hatte er vergessen, seinen Sohn danach zu fragen, was Max ganz recht gewesen war.

Da Max den Mund voll Honigbrötchen hatte, nickte er nur.

»Falls du irgendwelche Fragen hast oder Hilfe brauchst, sag einfach Bescheid.«

Max nickte erneut und damit war das Thema für seinen Vater erledigt.

»Wir fahren heute Vormittag in die Stadt zum Einkaufen. Willst du mitkommen?«, fragte seine Mutter, doch Max hatte schon andere Pläne.

»Nein, keine Lust. Geht ruhig ohne mich. Ich will skaten gehen«, log Max.

In Wirklichkeit wollte er in den Wald, den Gedenkstein suchen.

Nach dem Regen in der Nacht hatte sich die Luft etwas abgekühlt. Es war ideales Abenteuerwetter. Max überlegte, ob er sich aus dem Internet eine Karte ausdrucken sollte, um den Stein und den Weg zu finden, als ihm wieder einfiel, dass sie diese moderne Errungenschaft noch nicht besaßen. Also musste es auch ohne Karte gehen. Aufmerksam las er noch einmal den Bericht über den Überfall. Hier stand nur, dass es auf der Straße vom Schloss hinunter zum Ort geschehen war. Ob die Straße damals anders verlaufen war als heute? Immerhin lag das Ganze schon ein paar Jahrhunderte zurück. Ein Gedenkstein war ihm auf jeden Fall auf dem Weg zur Schule noch nicht aufgefallen.

Max beschloss, sich einfach in den Wald zu schlagen und irgendwie Richtung Stadt zu gehen. Vielleicht würde er ja auf eine alte Straße treffen. Wenn sie eine lange Zeit von Kutschen befahren worden war, musste sie im Gelände noch gut zu erkennen sein.

Max schnappte sich Kompass, Handy, Taschenmesser und etwas zu trinken, packte es in seinen Rucksack und marschierte los.

Als er sich auf einem neu angelegten Schotterweg dem Wald näherte, begann es wieder zu kribbeln.

Wie aufregend, dachte Max. Solche Abenteuer gab es in der Großstadt nicht.

Die Sonne schien und Max' Laune war bestens. Doch kaum hatte er die offene Wiese hinter sich gelassen und den Wald betreten, fröstelte ihn etwas. Es war merklich kühler zwischen all den großen dunklen Bäumen.

Nachdem Max eine Viertelstunde dem Weg gefolgt war, blieb er stehen. Um ihn herum waren nur Bäume, Nadelbäume und Laubbäume, sonst nichts. Das Blau des Himmels war durch die dichten grünen Baumkronen kaum zu sehen. Max kramte den Kompass heraus und versuchte, sich zu orientieren. Die Richtung war falsch. Er musste sich viel weiter südlich halten. Erst jetzt, und natürlich viel zu spät, fiel ihm ein, dass er gestern einen zweiten, weiter südlich verlaufenden Feldweg gesehen hatte, der ebenfalls direkt in den Wald führte. Mist! Vermutlich war das der richtige. Ob es eine Abzweigung zu diesem Weg gab? Er ging noch ein paar Meter weiter, fand aber keine.

Wer weiß, ob überhaupt noch eine kommt?, dachte Max.

Er beschloss, den Weg zu verlassen und sich durchs Unterholz zu schlagen. Irgendwann musste er ja wieder auf einen Pfad treffen. Und falls nicht, war das auch nicht so schlimm. Sein Kompass würde ihn schon davor schützen, dass er sich verirrte.

Mit jedem Schritt knackte es unter Max' Füßen und ließ es unheimlich durch den Wald hallen.

Von dem Regen heute Nacht war nichts zu merken. Wochenlang hatte die Sonne erbarmungslos vom Himmel gebrannt und die Zweige und Äste am Boden trocken werden lassen. Die paar Tropfen, die das Blätterdach durchgelassen hatte, waren schnell vom Boden aufgesaugt worden.

Inzwischen war der Wald noch dichter geworden. Die Bäume standen jetzt eng beieinander. Mehrmals war Max schon an Ästen hängengeblieben und hatte sich die Haut aufgekratzt. Kreuz und quer liegende umgestürzte Bäume erschwerten es ihm, die Richtung zu halten. Als er zum zweiten

Mal an dem gleichen Baumstumpf vorbeikam, musste er sich eingestehen, sich verlaufen zu haben. Frustriert holte Max erneut den Kompass zu Hilfe, als plötzlich ein lautes Knacken die Stille des Waldes durchbrach. Max hielt den Atem an und sah sich um. Hatte sich da nicht eben ein Schatten bewegt? Schnell wischte Max den Gedanken beiseite. Irgendwie sah er zurzeit überall unheimliche Schatten. Seit gestern spielte ihm seine Fantasie diesen Streich.

Reiß dich zusammen!, befahl sich Max und lief weiter. Er zwang sich, nicht zu rennen, obwohl ihm danach war. Nur zur Sicherheit suchte er den Boden nach einer brauchbaren Waffe ab. Der Ast einer umgestürzten Eiche schien geeignet. Mit seinem Taschenmesser schnitt er ihn auf die richtige Länge. Wie einen Baseballschläger schwang Max den Prügel durch die Luft. Es fühlte sich erstaunlich gut an. Erleichtert machte er sich wieder auf die Suche nach einem Weg.

Doch kaum hatte Max seine Angst vergessen, fuhr ihm ein noch größerer Schreck in sämtliche Glieder. Wie aus dem Nichts war ein riesiger schwarzer Hund aus dem Unterholz aufgetaucht und stellte sich ihm in den Weg. Sein Fell war struppig und ungepflegt, seine Augen schienen förmlich zu glühen. Ein Bild aus seinem Lateinbuch fiel ihm ein. Cerberus, der Höllenhund! Ohne nachzudenken und panisch vor Angst warf Max den Stock nach dem Tier. Wie durch Zufall traf er die Bestie. Der Hund jaulte auf und lief davon. Bewegungslos blieb Max stehen. Er war unfähig, auch nur einen Fuß vor den anderen zu setzen. Wie lange er so dastand, wusste er nicht, aber irgendwann kam ihm der schreckliche Gedanke, dass dieser Höllenhund ja zurückkommen könnte. Ohne auf die Richtung zu achten, rannte Max los. Einfach nur weg von hier. Raus aus dem Wald. Zahlreiche Zweige peitschten ihm gegen Arme und Beine, aber er spürte sie kaum. Das Unterholz wurde immer dichter und Max immer verzweifelter, bis er schließlich schweißgebadet auf einem unbefestigten Fahrweg herauskam. Es konnte sein Glück kaum fassen. Ob ihn der Weg zu dem Gedenkstein führen würde, war ihm inzwischen völlig egal. Hauptsache, er kam heil aus diesem schrecklichen Wald heraus.

Nach nur wenigen Metern blieb Max erneut stehen. Vor ihm stand das Denkmal. Es war in Wirklichkeit ein Kreuz, ganz aus grauem Sandstein geschlagen. An den Kanten war er bereits abgestoßen und die Fläche mit Flechten und Moosen bewachsen. Zu seinem Fuß lag ein verwelkter Blumenstrauß. Max bekam eine Gänsehaut. Ehrfürchtig ging er hinüber und kniete sich hin. Fast zärtlich berührte er die Inschrift. Die tief in den Stein gemeißelten Buchstaben waren schwer zu entziffern. Max kramte sein Messer heraus und entfernte die Flechten und Moose. Mit dem Finger fuhr er über jeden einzelnen Buchstaben.

ANNO 1649 DEN 17. JULI, konnte er entziffern. Dann wurde es schwieriger. Irgendwas mit *JEMMERLICH* und *UMGEBRACHT* stand da. Außerdem erkannte er den Namen *FRIEDERIKE VON HOHENSTEIN* wieder.

»Was machst du da?«

Max ließ vor Schreck sein Messer fallen. Entsetzt drehte er sich um. Hinter ihm stand Fritzi mit ihrem Fahrrad und sah ihn neugierig an.

»Wie kommt es, dass du immer im ungelegensten Moment auftauchst? Spionierst du mir nach?«

»Nein!«, meinte Fritzi ungerührt. »Normalerweise bin ich immer sonntags hier, aber morgen habe ich keine Zeit. Wir bekommen Besuch.« Fritzi sah ihn merkwürdig an. Dann stellte sie das Fahrrad ab und griff nach einem kleinen Blumenstrauß, der im Fahrradkorb lag.

»Es ist Brauch in unserer Familie, jede Woche für Friederike Blumen hinzulegen. Das machen wir nun schon seit Generationen so. Im Winter ist es dann ein Kranz, den immer die Rehe fressen.«

»Was hat deine Familie mit dem verschwundenen Mädchen zu tun?« Max war jetzt neugierig geworden.

»Du kannst manchmal wirklich dumme Fragen stellen. Macht es bei dir nicht klick, wenn du den Namen hörst? Friederike von Hohenstein?« Sie deutete erst auf das Kreuz, dann auf sich. »Wir haben beide denselben Namen. Sie ist meine Urururgroßtante oder so. Ich heiße nicht nur wie sie, sondern sehe ihr sogar ähnlich. Ein Bild von Friederike hängt bei uns im Schloss.«

Max sah sie sprachlos an.

»Willst du wissen, was auf dem Stein steht?« Ohne eine Antwort abzuwarten, betete Fritzi den Text auswendig herunter:

Anno 1649
Den 17. Juli
In diesem Monat Tag und Jahr
Alhier jemmerlich umgebracht war
Friederike von Hohenstein
unser geliebtes Töchterlein
Wanderer bet für ihre Seel!

»Ist sie wirklich ermordet worden?«, fragte Max.

»Man weiß es nicht. Aber alle glauben das. Auf jeden Fall ist sie nie mehr aufgetaucht.« Fritzi legte nachdenklich die Blumen nieder. Dann fröstelte sie plötzlich.

»Findest du es nicht auch kalt hier? Irgendwie ist der Ort unheimlich. Als würde man beobachtet werden. Weißt du, dass dieser Platz hier *Am Kalten Stein* genannt wird?«

Max sah sich unsicher um. Er musste wieder an den schwarzen Hund denken.

»Jedermann scheint hier zu frieren«, fuhr Fritzi fort. »Vielleicht liegt ja hier irgendwo Friederike begraben und ihre unerlöste Seele geistert ruhelos umher.«

Jetzt war es Max endgültig unbehaglich.

Lautes Grölen riss die beiden aus ihren düsteren Gedanken.

»Da ist jemand.« Fritzi deutete in die Richtung, aus der der Lärm kam. »Es sind mehrere.«

Nach kürzester Zeit war deutlich zu erkennen, wer sich näherte. Es war Julian mit seinen Freunden Marcel und Olli. Sie hatten ihre BMX-Räder dabei.

»Idioten!«, schimpfte Fritzi. »Ständig rasen sie durch den Wald, machen Krach und verscheuchen das Wild. Und dabei filmen sie sich auch noch. Auf YouTube kannst du diese Neandertaler dann bewundern.«

Mit Vollbremsungen blieben die drei vor Max und Fritzi stehen.

»Seht mal, wen wir hier haben! Die Schlosszicke und unseren neuen Kumpel Maximilian.«

Julian grinste fies. »Legt unser Prinzesschen wieder Blumen für ihr Schlossgespenst nieder? Hast dir heute den Fischkopf als Begleitung mitgebracht?«

Seine Freunde grölten, doch auf ein Zeichen Julians verstummten sie sofort.

»Dir Prinzessin erlaube ich ja, einmal in der Woche Blümchen abzulegen, aber dich Fischkopf will ich hier nicht mehr sehen. Haben wir uns verstanden?«

Julian sah Max herausfordernd an.

»Du kannst mir gar nichts verbieten. Der Wald gehört dir nicht.«

»Ach nein? Vielleicht nicht mir, aber meinem Vater«, triumphierte Julian.

»Seit wann?«, fragte Fritzi verdutzt.

»Schon seit drei Monaten, du blaublütige Schnepfe! Also haut jetzt ab! Wir wollen hier unter uns sein.«

»Komm, lass uns gehen! Es stinkt hier sowieso gerade«, meinte Fritzi und versuchte, Max mit sich zu ziehen. Doch Max bewegte sich nicht vom Fleck.

»Wir sind nicht in der Schule. Hier lasse ich mich nicht von dir herumkommandieren. Ich gehe, wann es mir gefällt.«

»Na schön! Wie du willst. Wir haben sowieso noch eine Rechnung mit dir offen.«

Max' Magen verkrampfte sich. Ihm war sofort klar, dass er besser auf Fritzi gehört hätte. Wie auf ein Stichwort sahen sich Julian und seine Freunde an, nickten sich zu und stiegen von ihren Rädern. Im selben Augenblick rannte Max los. So schnell er konnte, lief er in das Dickicht hinein, sprang über umgestürzte Bäume und aus dem Boden ragende Wurzeln. Die drei Jungs waren dicht hinter ihm und kamen immer näher. Nur noch wenige Meter, dann würden sie ihn fertigmachen. Max konnte nicht mehr, er strauchelte und fiel der Länge nach hin. Julian und seine Freunde hatten ihn nun eingeholt und umzingelt.

»Wen haben wir denn da?«, flötete der Bürgermeistersohn und schlug mit seiner rechten Faust in die offene Linke. »Ich nehme an, du weißt, was dich nun erwartet, oder?«

Doch gerade als Julian mit seinem Bein zu einem Tritt ausholte, war ein bedrohliches Knurren aus dem Unterholz zu hören.

Alle vier erstarrten und sahen sich ängstlich um.

»Was war das?«, fragte Julian beunruhigt.

»Der Hund!«, entfuhr es Max. Er war kreidebleich geworden.

»Was für ein Hund? Was redest du da, Mann?« Marcel klang verunsichert.

Ohne zu antworten, deutete Max in das Unterholz. Er konnte die Kreatur deutlich sehen, die gefletschten scharfen Zähne, die roten glühenden Augen, das struppige schwarze Fell, das bedrohlich zu Berge stand. Ihr Knurren ging durch Mark und Bein.

Als könnten die anderen den Hund nur hören, aber nicht sehen, drehten sie sich hektisch auf der Stelle und suchten ängstlich die Umgebung ab. Als der Hund zu bellen anfing und sich auf die Jungen zubewegte, ergriffen sie die Flucht. Am liebsten wäre Max ihnen hinterhergerannt, aber er hockte immer noch auf dem Boden. Wie angewurzelt saß er da und sah ihnen nach. Doch kaum waren sie verschwunden, hörte der Hund auf zu knurren. Statt sich auf Max zu stürzen, winselte er, drehte sich um und verschwand wieder im Gebüsch.

Max' Herz schlug noch immer ein ohrenbetäubendes Tamtam, als wenig später Fritzi auf ihn zukam.

»Hier steckst du also. Was war denn los? Ich habe mir schon Sorgen um dich gemacht.« Zu Max' Erstaunen klangen ihre Worte ziemlich ehrlich.

»Was ist mir dir? Du bist ja schneeweiß im Gesicht wie die andern drei. Du hättest sie sehen sollen. Wie die Hasen kamen sie aus dem Unterholz geschossen, hüpften auf ihre Räder und jagten davon.«

»Da war eben ein Hund, groß, schwarz, schrecklich«, stammelte Max. »Hast du ihn auch gesehen?«

Fritzi schüttelte den Kopf.

»Weißt du etwas von einem Hund, der hier in der Gegend herumstreunt?«

»Nein, davon hab ich noch nie was gehört.« Fritzi sah sich besorgt um. »Lass uns lieber nach Hause gehen.«

»Kannst du mir sagen, wie ich da hinkomme?«, fragte Max verlegen.

»Bist du nicht auch hierhergekommen? Typisch Großstadtcowboy!«, spottete Fritzi. »Ich könnte dir den Weg beschreiben, aber ich glaube, es ist wohl besser, wenn ich mit dir gehe. Ich kann ja mein Rad schieben.«

In Gedanken versunken nickte Max nur. Der Hund ging ihm nicht aus dem Sinn. Zuerst die unheimlichen Schatten und das rote Leuchten, dann dieser Höllenhund. Und warum hatte er das Gefühl, dass nur er ihn sehen konnte? Bildete er sich das alles nur ein? Aber dann wären doch Julian und seine Kumpels nicht panisch davongelaufen, sondern hätten ihm eine ordentliche Abreibung verpasst.

Fritzi riss Max aus seinen Gedanken. »Wie weit bist du eigentlich mit deinem Referat?«

»Was? Ach das. Hab noch gar nicht angefangen«, gestand Max.

»Wenn du willst, kann ich dir helfen«, bot Fritzi an. »Ich kenne mich mit der Geschichte Hohensteins aus, wie du sicher schon gemerkt hast.«

Max blieb stehen und sah Fritzi an. Konnte es sein, dass sie nicht nur schnippisch, sondern auch ganz nett sein konnte?

»Danke für das Angebot, aber ich fürchte, da muss ich alleine durch. Warum solltest du für meine Dummheit bestraft werden?«

»Vielleicht, weil ich es genossen habe, wie Julian eins auf die Nase bekommen hat. Hast du es gesehen? Sie ist immer noch geschwollen.« Fritzi lachte herzhaft.

Sie war plötzlich gar nicht mehr so arrogant und nervig. Vielleicht lag es an ihm selbst, weil er gerade nicht auf sie, sondern auf Julian sauer war und ihm die Begegnung mit diesem unheimlichen Hund noch immer einen Schauer über den Rücken jagte. Und eine Gemeinsamkeit hatten sie immerhin. Beide fanden Julian und seine Freunde ziemlich ätzend.

»Ich habe zu Hause ein Buch zur Ortsgeschichte. Ich bringe es dir später vorbei, okay?«

Max nickte erleichtert. Danach gab Fritzi peinliche Kindergartengeschichten von Klein-Julian zum Besten. Beide lachten Tränen.

Für den Abend hatte Max' Mutter eine Überraschung geplant. Sie war in der Gemeindebücherei gewesen und auf die DVD »Das Wirtshaus im Spessart« gestoßen.

Nun standen Erdnüsse, Chips und Cola für einen Filmabend bereit.

»Den Film habe ich als Kind immer so gerne gesehen«, schwelgte seine Mutter in alten Erinnerungen. »Er wird dir bestimmt gefallen, Schatz. Eine Räuberkomödie.«

Klingt eigentlich ganz interessant, dachte Max. Als er aber den gequälten Blick seines Vaters sah, wurde er skeptisch.

Seine Mutter liebte alte Filme und konnte sich manchmal über Dinge kaputtlachen oder sich die Augen aus dem Kopf heulen, während er und sein Vater sie dabei ansahen, als wäre sie nun endgültig verrückt geworden.

»Männer!«, sagte sie dann immer nur verächtlich.

Ganz so schlimm war der Film aber doch nicht, auch wenn Max die Liebesgeschichte nervte. Der Anfang war sogar richtig spannend. Zwei Handwerkerburschen mussten abends zu Fuß durch den unheimlichen Spessartwald und plötzlich tauchte eine Räuberbande auf. Nach seinem heutigen Abenteuer konnte sich Max recht gut in die beiden hineinversetzen. Sogar jetzt noch, wo er sicher in seinem Bett lag, bekam er eine Gänsehaut, wenn er an den schwarzen Hund dachte.

Der zweite Traum

Kaum war Max an diesem Abend eingeschlafen, träumte er erneut. Es war, als hätte Max das alles schon einmal erlebt. Er befand sich wieder in dieser schäbigen Hütte und versteckte sich hinter dem Hackklotz in der Ecke. Der ältere Junge stand am Herd, einem gemauerten Sockel, und briet das Fleisch. Die jüngeren Kinder kauerten ängstlich auf dem Strohhaufen. Immer wieder kam eines der räudigen Hühner und pickte neugierig an Max' nackten Füßen. Dadurch hatte er erst bemerkt, dass er wie die Kinder barfuß war und in schäbiger Kleidung steckte. Sie war schmutzig, zerschlissen, roch eklig und kratzte überall. Und das dämliche Federvieh nervte. Am liebsten hätte er es verscheucht, aber er wagte nicht, sich zu bewegen.

Die größte Angst hatte Max vor dem Vater des Jungen. Offenbar hatte er das Sagen. Jedes Mal, wenn er seine Stimme erhob, wurden die anderen still.

»Bring uns noch mehr Wein!«, brüllte der Mann Richtung Herd.

Ein anderer, über dessen rechte Wange eine hässliche Narbe verlief, rief sofort hinterher. »He, Andreas, schenk mir zuerst ein!«

»Kesselflicker, seit wann schreist du als Erster? Bei der Vergabe von Intelligenz hast du den lieben Gott doch auch nicht bedrängt.« Der Vater des Jungen lachte über seinen gelungenen Witz, wurde aber gleich wieder ernst. »Der erste Schluck gehört immer noch mir. Schließlich habe ich den Überfall auf den Weinhändler ausbaldowert. Ohne mich würdet ihr alle Wasser trinken.« Er sah zu, wie sein Sohn ihm Wein nachschenkte, danach verpasste er ihm einen Tritt, dass Andreas strauchelte. »Jetzt kannst du meinetwegen den anderen einschenken. Dem Kesselflicker gibst du aber zuerst. Schließlich muss seine Dreistigkeit, mich herauszufordern, belohnt werden.« Wieder johlte der Mann.

»Warum hast du uns zu dir bestellt, Adam?«, wollte nun ein anderer wissen, der auf den Namen Heidenpeter hörte.

»Ihr werdet es schon noch rechtzeitig erfahren. Jetzt lasst uns erst mal den Wanst vollschlagen.« Er rieb sich den Bauch. »Wie findet ihr meine neue Weste? Steht mir doch viel besser als diesem feinen Weinhändler.«

»Der Mann hatte eben Geschmack«, rief einer namens Krämermathes. »Das merkt man auch am Wein. Edelster Tropfen aus dem Franzosenlande. He, Welscher, ist das nicht deine Heimat?«

Erneut grölten alle. Die Laune der Männer wurde immer besser.

Inzwischen war sich Max sicher, dass die Hütte, in der er sich befand, eine Räuberhöhle war, und dieser Adam war der Hauptmann der Bande. Anscheinend hatte er einen neuen

Raubzug geplant, den er noch heute den anderen mitteilen wollte. Doch Max hatte nicht die Absicht, Mitwisser zu werden. Er wollte sich gar nicht ausmalen, was geschehen würde, wenn einer der Männer ihn hier entdeckte. Irgendwie musste er hier raus. Das letzte Mal hatte es doch auch geklappt. Er war einfach nur Richtung Tür gekrochen und hatte sich nicht erwischen lassen.

Gerade als er seine Deckung verlassen wollte, machte ihm der Hauptmann einen Strich durch die Rechnung. Er stand auf und ging zum Herd.

»He, du Taugenichts von einem Sohn! Wo bleibt unser Essen?«

Der Mann brüllte es förmlich in das Ohr des Jungen.

»Es ist gleich fertig«, schnauzte er zurück und bekam sofort eine Ohrfeige dafür.

»Rede nicht in dem Ton mit mir, du Nichtsnutz! Hat dir schon mal jemand gesagt, dass du ein Jammerlappen bist? Wie deine Mutter. Aber die dahinten in der Ecke sind auch nicht besser.« Der Mann blickte zu den beiden kleineren Kindern hinüber und spuckte auf den Boden. »Aus euch werde ich schon noch anständige Räuber machen, und wenn ich es in euch hineinprügeln muss. Aber für dich scheint mir jede Mühe vergebens. Verdorben hat dich deine Mutter. Den Kopf mit fixen Ideen vollgestopft. Von einer besseren Welt hat sie tagein, tagaus geschwafelt. Von Amerika. Dass man dort, ohne Gottes Gebote zu brechen, glücklich leben kann.« Andreas' Vater lachte verächtlich. »Geschwätz! Traumtänzerei! Gottes

Gebote! Als ob sich der liebe Gott jemals um uns geschert hätte. Schau dir Goerzels Sohn an! Der ist jünger als du und taugt schon zum Schmierestehen. Aber du?«

»Dann lass mich mit den Kleinen gehen«, schnauzte Andreas. »Alles ist besser als dieses Rattenloch hier.«

»Und wovon wollt ihr leben? Du bleibst hier! Verstanden? Wer kocht sonst für mich? Und nun sieh zu, dass du das Essen auf den Tisch bringst!«

»Drecksack!«, zischte der Junge. »Der Teufel soll dich holen, Adam!«

Max zuckte zusammen, darauf gefasst, dass der Hauptmann seinen Sohn nun grün und blau schlagen würde. Aber der war schon wieder mit seinen Leuten beschäftigt.

Max sah Andreas zu, wie er mit einem scharfen Messer geschickt das Stück Fleisch zerteilte, es auf einen hölzernen Teller legte und auf den Tisch stellte. Wie die Tiere fielen die Männer darüber her.

Die Gelegenheit abzuhauen war jetzt günstig. Doch ehe er zur Tür hinaushuschte, drehte er sich noch einmal nach Andreas um. Der Junge stand nun am Fenster und schaute gedankenverloren hinaus.

Max folgte seinem Blick, sah den dichten grünen Wald mit seinen Laubbäumen, einen windschiefen kleinen Schuppen und einen achtlos hingeworfenen Haufen Brennholz. Aber auf das, was direkt dahinter, am Rand der Lichtung, stand, war er nicht gefasst. Der Anblick jagte ihm einen Schauer über den Rücken. Es war derselbe Hund, den er am Nachmittag im Wald gesehen hatte. Groß und schwarz stand er da und starrte zu ihm hinüber. Nicht zu dem Jungen, sondern zu ihm. Er schien ihm direkt in die Augen zu blicken bis tief in seine Seele.

Schweißgebadet schreckte Max aus seinem Traum hoch.

Das Gemälde

Als Max am nächsten Morgen aufwachte, glaubte er noch immer den Rauch und Hühnermist zu riechen. Wieder konnte er sich an jedes Detail seines Traumes erinnern, als wäre er tatsächlich heute Nacht in dem Unterschlupf der Räuber gewesen.

Ich sollte aufhören, vor dem Einschlafen über Räuber und schwarze Hunde nachzugrübeln, dachte Max. Er wusste zwar, dass er viel Fantasie besaß, aber die Träume in den letzten beiden Nächten waren wirklich unheimlich. Max versuchte, sämtliche Erinnerungen daran abzuschütteln, doch bereits am Frühstückstisch holten sie ihn wieder ein.

»Du stinkst, mein Schatz!«, sagte seine Mutter zu ihm. »Tante Erna hat auch immer so gerochen, wenn sie aus dem Hühnerstall kam.« Sie schnüffelte an ihm und zog die Nase kraus. »Igitt! Hast du etwa in dem Kamin in deinem Zimmer rumgekokelt?«

Max schüttelte erschrocken den Kopf. Nach dem ersten Traum hatte er geglaubt, die Tritte zu spüren, die Andreas bekommen hatte, und jetzt stank er nach der Hütte. Wie war das möglich?

»Geh bitte duschen und zieh dir frische Sachen an!«, forderte seine Mutter ihn auf. »Wir sind heute zum Kaffee bei Franziska eingeladen.«

»Bei wem?« Max sah seine Mutter entgeistert an.

»Franziska ist die Mutter von Fritzi. Ich habe mich mit ihr angefreundet. Sie ist eine wirklich nette Frau. Wir haben uns von Anfang an prima verstanden. Sie hat uns heute Nachmittag zu sich ins Schloss eingeladen. Du sollst auf jeden Fall auch mitkommen.«

Max sah hilfesuchend zu seinem Vater, der sofort abwehrend die Hände hob.

»Schau nicht mich an. Ich habe heute Nachmittag einen Termin im Schlossarchiv.«

»Heute? Am Sonntag?«, fragte Max skeptisch. Er war sich sicher, dass das nur eine Ausrede war, um nicht mit zum Kaffeekränzchen gehen zu müssen.

»Ich kann auch nicht. Muss noch mein Referat für morgen machen.« Max sah hoffnungsvoll zu seiner Mutter.

»Dafür hast du noch genügend Zeit. Der Kaffeeklatsch ist erst um 17 Uhr. Franziska meint, dann laufen keine Touristen in Filzpantoffeln mehr durchs Haus.« Sie kicherte albern. »Zum Glück ist nur die erste Etage mit den Prunkräumen für die Touristen zugänglich, sodass sich die Familie in die zweite Etage zurückziehen kann. Aber besondere Gäste empfängt Franziska doch lieber stilvoll in einem der Salons.«

Max verdrehte die Augen. Ihm graute schon vor dem Nachmittag.

Punkt 17 Uhr standen Max und seine Mutter vor dem Haupteingang. Frau von Hohenstein und Fritzi erwarteten sie schon.

»Hallo, Britta!«, rief die Schlossherrin gut gelaunt und umarmte Max' Mutter herzlich.

Küsschen hier, Küsschen da!, dachte Max genervt, doch ein Blick auf Fritzi ließ ihn schmunzeln. Wie er es auch schon tausendmal gemacht hatte, steckte sich Fritzi einen Finger in den Mund und tat so, als müsste sie sich übergeben. Als die beiden Frauen sich Max und Fritzi zuwandten, stand sie wieder da wie ein Unschuldsengel.

»Du bist also Maximilian«, stellte Frau von Hohenstein fest.

Max nickte verlegen.

»Du musst ein richtiger Herzensbrecher sein, mit deinen tiefbraunen Augen und den dunklen Locken.« Sie zwinkerte ihrer Tochter zu, die rot anlief und sie dabei böse anfunkelte.

»Leider gehört mehr dazu, als nur süß auszusehen«, antwortete seine Mutter. »Mein Sohn pflegt nämlich alle Mädchen durch unhöfliches Benehmen zu vergraulen.« Dabei wuschelte sie ihm durch die Haare.

»Mum!«, rief Max.

»Davon kann ich leider auch ein Lied singen«, antwortete Frau von Hohenstein. »Nur dass meine Tochter sowohl Jungen als auch Mädchen vergrault.« Sie warf ihrer Tochter einen vielsagenden Blick zu.

»Willst du unsere Gäste nicht hereinbitten? Bei Kaffee und Kuchen macht das Bloßstellen eurer Kinder noch viel mehr

Spaß.« Fritzi lächelte süßlich und erntete dafür einen mahnenden Blick von ihrer Mutter.

»Du hast recht, natürlich nur, was das Hereinbitten betrifft.« Sie deutete ins Innere des Schlosses. »Tretet ein in unsere bescheidene Hütte.«

Jetzt erst sah sich Max genauer um. Staunend folgte er der Gastgeberin in das sogenannte Treppenhaus, das aber nichts mit den Treppenhäusern zu tun hatte, die er kannte. Es war einfach nur gigantisch. Eine riesige breite Freitreppe aus weißem Marmor und einem roten Läufer in der Mitte führte auf eine Zwischenebene. Von da aus konnte man entweder links oder rechts eine Treppe wählen. Zu beiden Seiten hingen an den Wänden Jagdtrophäen. Aber nicht einfach nur irgendwelche Rehgeweihe wie bei ihnen im Gärtnerhaus. Irgendein Vorfahr hatte offenbar eine Vorliebe für die Großwildjagd. Zwar gab es kein Nashorn oder Löwen aus Afrika, aber in Kanada lebten ja auch große Tiere. Zumindest brauchten sich die drei Elchgeweihe nicht zu verstecken. Bedrohlich hingen sie über ihnen.

Fritzi musste wohl Max' staunender Blick aufgefallen sein. »Ein Großonkel von mir hat sie Anfang des letzten Jahrhunderts erlegt. Als ich noch kleiner war, hatte ich Angst, dass mich einer verschlingt. In deren Maul passt locker ein Kind!«

Vom Treppenhaus gelangten sie in einen ausgesprochen repräsentativen Flur. Ahnenporträts und prunkvolle Türen schmückten die eine Wandseite. Gegenüber wechselten sich gold gerahmte Spiegel und goldene Wandleuchter mit zahlreichen Fenstern ab, die Max schon vom Hof aus gesehen hatte. Ihm fiel auch auf, dass es hier genauso unverwechselbar alt roch wie im Gärtnerhaus, nur wirkte der Geruch etwas vornehmer.

Fritzi deutete auf ein Gemälde, das einen streng aussehenden Herrn mit gezwirbeltem Schnurrbart zeigte. »Das ist Großonkel Leopold, der Großwildjäger! Hatte keine Nachkommen. Ehe er sich fortpflanzen konnte, machte ihm ein Grizzlybär einen Strich durch die Rechnung.« Fritzi grinste.

»Kennst du die anderen auch?« Max deutete auf die Damen und Herren in veralteten Kostümen, die mal liebevoll, mal streng auf ihre Nachkommen herabsahen.

»Auf manchen steht zum Glück der Name und wann sie gelebt haben. Aber trotzdem gibt es einige, von denen wir nicht wissen, wer sie sind. Diese Bilder hängen einfach schon immer hier. Vielleicht sind die Leute mit uns verwandt, vielleicht aber auch nicht.« Fritzi zuckte mit den Schultern. »Ein paar von denen können einem richtig Angst machen, wie der Typ dort.« Sie zeigte auf einen Mann, der wirklich furchteinflößend aussah. »Nachts sind manchmal merkwürdige Geräusche zu hören. Ich stelle mir dann vor, dass einige von denen aus ihren Bildern steigen und hier herumspuken.«

Max bekam eine Gänsehaut.

»Von dem dort erzählt man sich zum Beispiel, dass er unglücklich in ein Dorfmädchen verliebt war. Aus lauter Liebeskummer hat er sich auf dem Dachboden erhängt. Angeblich soll er immer an seinem Todestag dort oben herumjammern.«

Frau von Hohenstein unterbrach ihre Tochter. »Genug von Geistern. Ich persönlich bin noch keinem begegnet. Auch wenn ich zugeben muss, dass es wirklich manchmal merkwürdig ist, welche Geräusche es gibt, wenn die Dunkelheit hereinbricht und die Schatten lang werden.« Sie deutete in ein Zimmer.

»Ich habe im Griechischen Salon eingedeckt. Dort ist es einfach gemütlicher. Außerdem müssen wir keine Filzpantoffeln anziehen, um den Parkettboden zu schonen. Er ist einer der wenigen Prunkräume, der nicht der Öffentlichkeit zugänglich ist und nur uns gehört. Mein Mann hat extra einen Teppich verlegen lassen.«

Der Raum war beeindruckend. An den Wänden hingen auch hier zahlreiche verschnörkelte Spiegel. Die Decke war mit Stuck verziert und mit Szenen aus der antiken Sagenwelt bemalt, deren Bedeutung Max aber nicht kannte. In der Mitte stand ein gedeckter ovaler Tisch, auf dem eine äußerst lecker aussehende Sahnetorte darauf wartete, verspeist zu werden. Alles wirkte sehr vornehm und dennoch gemütlich. Es fehlte nur noch ein anheimelndes Feuer in dem gigantischen offenen Kamin. Schade, dass es Sommer war.

»Setzt euch!«, bat Frau von Hohenstein. »Ihr Kinder könnt euch ja auf das Sofa setzen.« Sie zwinkerte Max' Mutter verschwörerisch zu.

Mein Gott!, schoss es Max durch den Kopf. Unsere Mütter wollen uns verkuppeln!

Fritzi hatte wohl den gleichen Verdacht, denn sie setzte sich demonstrativ auf einen Stuhl, was Max erleichtert zur Kenntnis nahm. Scheinbar hatte Fritzi mit diesem peinlichen Spielchen nichts zu tun.

Zum Glück waren die folgenden Gespräche bei Kaffee und Kuchen angenehmer als erwartet, wenn auch ausschließlich die beiden Frauen redeten. Max und Fritzi zogen es vor, zu schweigen.

Nachdem Max ein zweites Stück Torte verschlungen hatte, stand er auf und entschuldigte sich. Fritzis Mutter erklärte ihm den Weg zur Toilette und Max verließ den Salon.

Sein eigentliches Ziel aber war das Bildnis von Friederike von Hohenstein. Aus irgendeinem Grund musste er es sehen. Ob sie wirklich Fritzi ähnelte? Bild für Bild suchte er den Flur ab, fand sie aber nicht. Die Personen, die hier mit meist strengem Blick zu ihm herabschauten, hatten alle schon ihr bestes Alter überschritten. Ein Mädchen war nicht dabei. Vielleicht hing das Bild woanders.

Max schlich die Treppe in den zweiten Stock hinauf. Oben angelangt, blieb er überrascht stehen. Hier wohnte Fritzi? Fast bekam er Mitleid. Das Gärtnerhaus kam ihm plötzlich wie das Paradies vor. Der Flur wirkte wie eine Kopie der darunterliegenden Etage. Auch hier gab es jede Menge Gemälde und Jagdtrophäen, aber keinerlei heimelige Privatatmosphäre. Hoffentlich waren die Zimmer hinter den verschlossenen Türen gemütlicher. Max konzentrierte sich wieder auf die Bilder an der Wand. Vielleicht hing Friederike ja hier irgendwo, sozusagen im Schoß der Familie. Mit schnellen Schritten ging er an Landschaften, Obstschalen und schon längst verstorbenen Personen vorbei, als er abrupt stehen blieb. Er hatte es tatsächlich gefunden. Vor ihm hing das Bildnis eines Mädchens mit langem blond gelocktem Haar. Es saß auf einem Marmorbänkchen und trug ein weit ausladendes weißes Kleid mit goldenen Stickereien und zahlreichen kleinen blauen Schleifchen. Gebannt starrte Max auf das Mädchen. Es war hübsch und sah Fritzi wirklich ähnlich.

»Du hast sie also gefunden«, kam es plötzlich von hinten.

Max blieb beinahe das Herz stehen. Erschrocken drehte er sich um. Fritzi hatte sich mal wieder unbemerkt genähert.

»Wie machst du das immer?«, fragte er verärgert.

»Was?«

»Das Anschleichen. Jedes Mal tauchst du wie aus dem Nichts auf.«

Fritzi zuckte nur mit den Schultern. »Findest du auch, dass sie mir ähnlich sieht?«

»Schon etwas«, brummte Max und drehte sich wieder zum Bild um. Sein Blick fiel jetzt auf den Hintergrund. Irgendetwas kam ihm komisch vor. Max trat einen Schritt näher heran. Links von Friederike war das Schloss zu sehen, darunter die alte Buche. Rechts von ihr lag der Wald, der so düster gemalt war, dass Max plötzlich fröstelte. Hatte sich nicht eben etwas bewegt? Max stellten sich die Nackenhaare auf. Waren da nicht ein Schatten, zwei leuchtend rote Augen? Mit klopfendem Herzen sah sich Max um und entdeckte einen Stuhl. Ohne Fritzi um Erlaubnis zu fragen, holte er ihn und stieg hinauf.

»Was machst du da?«, fragte Fritzi verwirrt, bekam aber keine Antwort.

Max nahm sie überhaupt nicht wahr. Er war völlig in das Gemälde versunken. Ein Weg war plötzlich wie aus dem Nichts aufgetaucht. Je länger er hinstarrte, umso deutlicher konnte er ihn sehen. Er führte auf die Wegkreuzung *Am Kalten Stein* zu, wo das Gedenkkreuz an das traurige Schicksal des Mädchens erinnerte. Und direkt daneben stand ein großer, struppiger schwarzer Hund mit leuchtenden Augen. Dann drehte sich der Hund plötzlich um und lief auf einen schmalen Pfad zu, der durchs Unterholz führte. Max' Blick folgte ihm. Und als hätte sich der Wald gelichtet, war da auf einmal eine Hütte. Fast wäre Max vom Stuhl gefallen. Er kannte die Hütte. Es war die gleiche wie in seinen Träumen. Was hatte das zu bedeuten?

Kreidebleich drehte er sich zu Fritzi um.

»Siehst du auch den Hund?«

»Du immer mit deinem Hund! Da ist keiner.«

»Er hat sich sogar bewegt.«

»Sich bewegt? Auf dem Bild?« So wie Fritzi ihn ansah, hielt sie ihn für völlig übergeschnappt.

»Kannst du denn wenigstens die Hütte sehen?« Max klang verzweifelt.

Fritzi schüttelte den Kopf. »Ich sehe nur dichten, undurchdringlichen Wald. Lass mich mal auf den Stuhl steigen. Vielleicht muss man ja näher rangehen.«

Doch auch das half nichts. Und als Max jetzt wieder zu

dem Gemälde hinsah, konnte auch er keinen Hund und keine Hütte mehr erkennen.

»Ich glaube, ich werde langsam verrückt. Jetzt kann ich auch nichts mehr sehen.« Max rieb sich die Augen, was aber nichts half. Der Hund und die Hütte blieben verschwunden. Ohne noch ein weiteres Wort darüber zu verlieren, ging er in den Salon zurück. Fritzi folgte ihm schweigend. Es war ihr deutlich anzusehen, dass ihr tausend Fragen auf der Zunge lagen, die sie sich lieber verkniff.

Als sie gemeinsam den Salon betraten, zwinkerten sich ihre Mütter vielsagend zu. Doch Max war noch immer viel zu verstört, um sich darüber zu wundern. Und auch Fritzi hing ihren eigenen Gedanken nach. Ratlos blickte sie ihren Klassenkameraden an.

»Ich muss jetzt los«, meinte Max nach kurzer Zeit und stand auf. »Mein Referat für morgen ist noch nicht fertig.« Er bedankte sich höflich bei Frau von Hohenstein für die Einladung und ging.

Fritzi lief ihm hinterher. »Warte! Was hast du auf dem Bild gesehen? Irgendetwas stimmt doch nicht. Hat es mit Friederike zu tun?«

Doch Max gab ihr keine Antwort. Ohne sich noch einmal umzudrehen, verließ er das Schloss.

Zu Hause kreisten seine Gedanken nur noch um die Räuber in der Hütte, den Hund, seine merkwürdigen Träume und Friederike. Immer wieder schweifte er von seinem Referat ab.

Max konnte sich einfach nicht konzentrieren. Andere Fragen schossen ihm durch den Kopf.

Warum hatte er all das auf dem Gemälde von Friederike gesehen? Was hatte das entführte Mädchen damit zu tun? Warum sah er überall diesen schwarzen Hund? Zuerst begegnete er ihm im Wald, dann traf er ihn in seinem Traum wieder, und nun war er auch auf dem Bild gewesen. Und außer ihm konnte ihn niemand sehen. Bildete er sich das alles nur ein? Sicherheitshalber maß er sogar Fieber, allerdings zeigte das Thermometer einen ganz normalen Wert an. Vielleicht gab es in den Wänden des alten Gärtnerhauses einen Schimmelbefall und der Pilz führte zu Wahnvorstellungen.

So lange Max auch über all die merkwürdigen Ereignisse nachdachte, ihm fiel keine einleuchtende Erklärung ein. Und je mehr er sich damit beschäftigte, umso größer wurde seine Angst vor dem Einschlafen. Was, wenn er wieder von den Räubern träumte? Um sich auf andere Gedanken zu bringen, las er noch ein Asterixheft. Das Referat, das er am nächsten Tag halten sollte, wurde erst gegen neun Uhr abends fertig und war alles andere als gut.

Der dritte Traum

Mit Entsetzen stellte Max fest, dass er schon wieder hinter dem Hackklotz in der Hütte kauerte. Offenbar träumte er erneut.

Ich muss sofort aufwachen, dachte Max. Aufwachen! Aufwachen! Aufwachen!

Doch sosehr er sich auch anstrengte, es klappte nicht.

Denk nach!, forderte sich Max auf. Es muss doch eine Möglichkeit geben, aufzuwachen.

Wie war er denn die letzten Male diesem Albtraum entkommen? Vielleicht sollte er einfach die Tür öffnen. Zumindest war er immer dann schweißnass aufgewacht. Einen Versuch war es wert. Er musste nur eine günstige Gelegenheit abpassen, dann könnte er zur Tür schleichen.

Angewidert beobachtete Max die Räuber, die sich wie Tiere auf das Fleisch stürzten, als ihm eine Idee kam. War es möglich, dass niemand von denen ihn sehen konnte? In seinen ersten beiden Träumen hatte ja auch keiner der Jungen auf ihn reagiert. Und was sollte schon passieren, wenn sie ihn entdeckten? Es war ja doch nur ein Traum. Aber da fiel Max wieder ein, dass er nach seinem ersten Traum die Tritte gespürt hatte, die der Junge namens Andreas bekommen hatte, und nach seinem zweiten Traum hatte er nach Hühnerstall und Rauch gestunken. Wie konnte das überhaupt geschehen? Normale Träume hinterließen keine Spuren. Normale Träume fühlten sich nicht so echt an. Normale Träume passierten einfach.

Max sah zum Fenster. War der Hund auch wieder da? Aus der Hocke konnte er nur das Grün der Bäume sehen. Sollte er es riskieren und aufstehen?

Ganz vorsichtig wagte sich Max aus seiner Deckung und richtete sich auf. Dann stand er eine Weile still da, doch nichts geschah. Niemand nahm von ihm Notiz. Er trat von dem Hackklotz hervor und noch immer passierte nichts.

Als wäre ich Luft, stellte Max erleichtert fest.

Beherzt trat er ans Fenster. Sein Blick wanderte vom windschiefen Schuppen über den Haufen Brennholz hinüber zum Rand der kleinen Lichtung. Das Unterholz des Waldes wuchs so dicht, dass es wie eine undurchdringliche Wand wirkte. Und davor stand unheildrohend der große schwarze Hund und schaute zu ihm herüber. Als würde er auf jemanden warten. Vielleicht sogar auf ihn? Doch bedeutete das nicht, dass ausgerechnet die Bestie ihn wahrnehmen konnte? Um dies herauszufinden, hätte Max das Haus verlassen müssen. Irgendwie saß er in der Klemme. Keine zehn Pferde brachten ihn hinaus zu diesem unheimlichen Hund. Was, wenn er die Tür öffnete und das Tier ihn ansprang? Aber wie sollte er sonst seinem Traum entfliehen? Max' neu gewonnener Mut war dahin. Mit Schaudern wandte er sich von dem Tier ab.

Die Räuber hatten binnen kürzester Zeit das Fleisch aufgegessen. Nur abgenagte Knochen waren übriggeblieben. Den Kindern hatten sie nichts abgegeben.

Einer der Räuber, es war der vorlaute Kesselflicker, brüllte: »He, Adam! Wir haben uns jetzt den Wanst vollgeschlagen, nun sag schon, was du von uns willst. Aus reiner Nächstenliebe hast du uns sicher nicht einbestellt.«

»Der Kesselflicker hat recht«, fiel ein anderer ein, dessen Namen Max noch nicht erfahren hatte. »Nun red schon!«

Der Gastgeber hob beschwichtigend die Hände und stand auf. »Ihr habt natürlich recht. Ich habe euch nicht eingeladen, um euch zu mästen, sondern weil ich eure Hilfe bei einem neuen Raubzug brauche. Bevor ich euch aber verrate, um was es geht, sagt mir, ob ich auf euch zählen kann. Es wird sehr riskant. Wer feige ist, soll gleich gehen!« Er sah jedem der Männer tief in die Augen. Jeder Einzelne hielt seinem Blick stand, keiner erhob sich und ging. »Ihr seid also alle dabei?«

Die Männer grunzten einhellig ihr Einverständnis.

»Gut! Dann hört zu! Wir werden uns dieses Mal nicht auf den Raub irgendwelcher Güter beschränken. Es wird Zeit, dass die Adamsbande sich einen großen Namen macht. Wenn alles gut läuft, haben wir alle ausgesorgt. Jeder kann neu anfangen, wenn er will.«

Krämermathes meldete sich zu Wort. »Wie viel ist für jeden drin?«

»Es geht um 500 Silbergulden.«

Die Männer pfiffen beeindruckt. Anscheinend handelte es sich um ein Vermögen.

»Wie willst du das Geld aufteilen?«, wollte Goerzel wissen.

»Wir sind mit mir neun Mann. Da ich der Anführer bin und alles geplant habe, bekomme ich 100 Gulden. Die restlichen 400 Gulden könnt ihr unter euch aufteilen.«

Einige der Männer begannen zu rechnen, andere sahen eher ratlos drein. Max vermutete, dass die meisten wohl niemals eine Schule besucht hatten.

Schließlich hatte einer der Räuber seinen Anteil errechnet. »Das sind für jeden 50 Gulden. Eine Menge Silber. Wir wären tatsächlich reich.«

»Wie willst du an so viel Geld herankommen?«, wollte nun der Mann wissen, den alle nur Kesselflicker nannten. »Niemand ist so dämlich und führt ein solches Vermögen mit sich, schon gar nicht, wenn er durch den Spessart reist.«

Adam machte es jetzt spannend. Er wartete, bis er sicher war, dass alle Augen auf ihn gerichtet waren, dann erst begann er, seinen Plan zu erklären.

»Jeder von euch kennt unseren Herrn Baron von Hohenstein und jeder von euch weiß, dass er eine Tochter hat.« Er sah fragend in die Runde und alle nickten.

»Ich habe herausgefunden, dass der gnädige Herr vorhat, sein Töchterchen zu seiner Schwester nach Wertheim zu schicken. Sie hat dort in das Grafengeschlecht von Löwenstein eingeheiratet und soll nun für ihre Nichte Entsprechendes erreichen.«

»Woher weißt du das alles?«, fragte der Welsche beeindruckt.

»Sagen wir mal, ich habe jemanden kennengelernt, der im Schloss arbeitet und noch dazu der heimliche Geliebte des Kindermädchens ist. Daher weiß er auch über die anstehende Reise der kleinen Baroness Bescheid. Und wie es der Teufel so will, leidet der verliebte Tölpel nun furchtbar unter der bevorstehenden Trennung.« Der Räuberhauptmann setzte ein Unschuldslächeln auf. »Ihr wisst doch, was für ein Menschenfreund ich bin. Ich helfe, wo ich nur kann. Also habe ich dem schmachtenden Tropf im Gasthof ein paar Becher Wein spendiert, damit er seinen Kummer wenigstens für einen Abend vergessen konnte. Und was soll ich sagen? Der Dummkopf hat gesungen wie ein Vögelchen.«

Die Männer lachten über den gelungenen Geniestreich.

Als wieder Ruhe eingekehrt war, fuhr Adam fort. »In einer Woche soll die Reise losgehen, gleich nach Sonnenaufgang. Die Kutsche wird begleitet von sechs Soldaten.«

Sofort brach aufgeregtes Gemurmel los. Offenbar war allen klar, um was es ihrem Anführer ging.

Auch an Max gingen die Worte nicht spurlos vorüber. Konnte es sein, dass er gerade dabei war, wie die Entführung Friederikes geplant wurde? Gebannt wartete er, dass der Hauptmann weitersprach.

Doch noch ehe dieser seinen Plan unterbreiten konnte, platzte es aus Andreas heraus. »Ihr wollt doch nicht das Mädchen entführen?« Entsetzt sah er seinen Vater und die anderen Männer an. »Sie ist doch noch ein Kind! Was, wenn etwas schiefgeht?«

Sein Vater trat auf ihn zu und verpasste ihm eine Ohrfeige, dass er rückwärts zu Boden fiel.

»Wage es nicht noch einmal, das Wort gegen mich zu erheben. Und wehe, du verrätst uns! Du würdest es nicht überleben. Und denk auch an deine lieben Geschwister. Wer kümmert sich dann um sie?«

Andreas wischte sich das Blut ab, das ihm aus der Nase lief, und stand wieder auf. Trotzig hielt er dem drohenden Blick seines Vaters stand.

Max hörte, wie er flüsterte: »Der Teufel soll dich holen, Adam!«

»Nun lass doch den Jungen und erzähl von deinem Plan!«, forderte der Welsche.

»Also gut. Hört zu! An der Wegkreuzung auf der Straße vom Schloss nach Hohenstein legen wir uns auf die Lauer. Zuvor heben wir auf dem Weg ein Loch aus und tarnen es mit Reisig. Sobald die Kutsche darin feststeckt, stürmen wir aus unserem Hinterhalt und werfen Rauchbomben. Die Soldaten und der Kutscher werden keine Chance gegen uns haben.«

Herausfordernd sah er in die Runde. Alle nickten zustimmend.

»Ich und der Krämermathes holen dann das Mädchen aus der Kutsche und schaffen es sofort weg, während ihr die Soldaten erledigt. Das Kindermädchen lassen wir am Leben. Ihr gibt der Kesselflicker unsere Nachricht.«

»Was soll da drinstehen und wer schreibt sie uns?«, fragte

der Mann namens Heidenpeter. »Keiner von uns kann schreiben.«

»Der Wirt vom Schwarzen Kreuz wird uns gegen entsprechende Bezahlung diesen Dienst erweisen. Auf ihn habe ich schon öfter zählen können.«

»Und was soll in dem Brief stehen?«, hakte Heidenpeter nach.

»Wir schreiben: *500 Silbergulden für das Leben Eurer Tochter. Zu hinterlegen an der Stelle des Überfalls. Sehen wir auch nur einen Soldaten im Wald, ist Eure Tochter tot.*«

Die Räuber grölten begeistert.

»Was machen wir mit dem Mädchen, wenn wir das Geld haben? Du willst sie doch nicht wirklich zurückgeben, oder?«, wollte einer der Männer wissen.

»Wo denkst du hin? In Lohr treiben sich zurzeit fahrende Händler herum. Die zahlen eine Menge Geld für so ein süßes, blond gelocktes Mädchen.« Alle Männer lachten anzüglich.

»Lasst uns darauf anstoßen!«, rief der Kesselflicker und erhob seinen Becher.

Im selben Augenblick war um Max herum nichts als Wald. Andreas, der Sohn des Räuberhauptmanns, saß gegen einen Baum gelehnt auf dem Boden und fluchte.

»Wie ich Adam hasse! Ich hasse ihn und mein erbärmliches Leben!« Andreas griff nach einem Stein und warf ihn wütend gegen einen Baum. »Soll er mich doch totschlagen! Aber ein Räuber werde ich niemals. Sobald meine Brüder alt genug sind, bin ich weg. Dann kommen sie mit mir oder treten in die Fußstapfen unseres alten Herrn, um früher oder später am Galgen zu tanzen. Aber jetzt sind sie noch zu klein, um mit mir zu gehen. Und wenn ich allein abhauen würde, wer würde sich dann um sie kümmern? Adam bestimmt nicht.«

Der Junge sah zu Max auf, der erschrocken einen Schritt zurücktrat.

»Kannst du mich sehen?«, fragte er unsicher, bekam aber erneut keine Antwort. Max fiel nun der unheimliche Hund wieder ein und er sah sich ängstlich um. Doch nichts rührte sich, kein schwarzer Schatten, keine leuchtenden Augen.

»Bis jetzt war es mir ja egal, wenn Adam und seine Leute Händler ausgeraubt haben. Die können ruhig etwas von ihrem Geld abgeben, so dick wie ihre Bäuche sind. Die Kleine zu entführen, ist schon schlimm genug, aber sie an Fremde zu verschachern, ist hundsgemein.« Wieder blickte der Junge zu Max, als würde er ihn um Rat fragen. »Soll ich denn meinen Alten verraten? Sie würden ihn sofort hängen. So schnell kann unsereins gar nicht schauen. Und was geschieht dann mit meinen Brüdern? Ich kann mich doch nicht alleine um sie kümmern.«

Wieder warf Andreas einen Stein. Max konnte ihm nur knapp ausweichen.

»He, pass doch auf!«, schrie er ihn an, doch Andreas achtete nicht auf ihn.

»Die Tochter des Barons ist stets nett zu mir gewesen. Ihre feine Zofe hatte zwar immer mit ihr geschimpft, aber die

Kleine hat mir trotzdem schon zweimal ein paar Kreuzer von der Kutsche aus zugeworfen.«

»Du musst es verhindern«, rief Max dem Jungen zu. »Hörst du mich? Du darfst nicht zulassen, dass Friederike entführt wird. Sie wird sonst für immer spurlos verschwinden.«

Doch egal, wie laut Max schrie, der andere konnte ihn nicht hören.

Stattdessen sprang der Junge plötzlich auf und brüllte, dass es im Wald nur so hallte. »Der Teufel soll dich, Adam, und deine Räuber holen!«

Dann sank er wieder verzweifelt zu Boden. »Was soll ich nur tun? Den Baron warnen? Meinen eigenen Vater verraten? Wenn ich bloß mit jemandem reden könnte.«

In genau diesem Augenblick wachte Max nass geschwitzt auf. Wie ein gehetztes Tier sah er sich um. Erleichtert entdeckte er die Poster an den Wänden, seinen Schreibtisch und sein Bett. Sogar über die Röschen auf der Tapete freute er sich. Doch kaum hatte sich das Herzrasen etwas gelegt, schossen ihm wie verrückt Fragen durch den Kopf. Was um Himmels willen sollten diese Träume? Warum träumte er immer wieder von diesem Jungen und der Entführung Friederikes? Ihm war bewusst, dass die Träume von Mal zu Mal länger und realer wurden. Und sie machten ihm inzwischen richtig Angst. Und schon drängte sich ihm ein anderer, weitaus schrecklicherer Gedanke auf. Was, wenn er aus einem bestimmten Grund das alles träumte? Wenn der Traum immer wieder und wieder kam, bis die Geschichte zu Ende war oder er etwas Bestimmtes getan hatte? Bei den Märchen war es doch auch so. Der Held hatte eine Aufgabe, und wenn er sie erfüllt hatte, gab es ein Happy End. Wenn es hier auch so war? Und wenn es kein glückliches Ende gab? Der letzte Gedanke des Räuberjungen fiel ihm ein und ließ ihn nicht mehr los. Sollte er auch mit jemandem reden? Aber mit wem?

Legende oder Wahrheit

Den ganzen Schultag über hatte sich Max Gedanken gemacht, ob und wie er Fritzi einweihen sollte. In beinahe jeder Unterrichtsstunde wurde er ermahnt, besser aufzupassen. Das Referat hielt er in der dritten Stunde. Es war wie erwartet eine Katastrophe. Julian und seine Freunde hatten sogar absichtlich gegähnt. Wenigstens hatte Doktor Büttich darauf verzichtet, ihm auf seinen Vortrag eine Note zu geben. In den Pausen versuchte Max, dem Sohn des Bürgermeisters auszuweichen.

Ein Mädchen aus seiner Klasse, das Annemarie hieß und ihn offenbar mochte, hatte ihn gleich zu Unterrichtsbeginn gewarnt. »Die drei suchen nach dir. Sie sagen, du schuldest ihnen noch was. Wenn du mich fragst, solltest du ihnen lieber aus dem Weg gehen. Sie klangen nicht gerade freundlich.«

Daraufhin hatte sich Max in jeder Pause ins Klo eingesperrt. Wenigstens hatte er dort genügend Zeit, in seinen Gedanken das Gespräch mit Fritzi durchzuspielen. Allerdings endete es immer gleich. Fritzi lachte ihn aus oder erklärte ihn für verrückt. Aber vielleicht war er das ja auch. Andererseits, warum sollte er sich ausgerechnet Fritzi anvertrauen? Bis Samstag hatte er sie noch für eine verzogene Schlosszicke gehalten, die nervte, auch wenn er sich inzwischen eingestehen musste, dass sie gar nicht so schlimm war. Außerdem kannte sie sich am besten mit dieser Entführungsgeschichte aus. Und, was noch mehr zählte, er hatte bislang keine anderen Freunde, denen er von seinen Träumen erzählen konnte.

Zum Unterrichtsende hatte Max noch immer keinen Mut gefunden, Fritzi anzusprechen. Er wusste einfach nicht, was er sagen sollte. Also konzentrierte er sich auf Julian. Mit dem Schlussgong packte er seine Schulsachen in den Rucksack und stürmte als Erster aus dem Klassenzimmer. Im Fahrradkeller der Schule nestelte er allerdings so lange an seinem Zahlenschloss herum, dass Fritzi ihn eingeholt hatte.

»Wollen wir zusammen nach Hause fahren?«, fragte sie.

»Meinetwegen«, brummte Max. War das die Gelegenheit, sie anzusprechen?

Während er dastand und überlegte, war Fritzi schon auf ihr Rad gestiegen und losgefahren. »Komm schon!«, rief sie ihm zu.

Verärgert, weil er eine Chance verpasst hatte, radelte Max ihr hinterher.

Auf dem Weg hinauf zum Schloss bot sich jedoch eine erneute Gelegenheit. Fritzi war vom Rad gestiegen und schob es den Berg hinauf.

»Hast du gewusst, dass dieser Fahrradweg nur wegen mir angelegt worden ist? Als ich eingeschult wurde, hat mein Vater alle Hebel in Bewegung gesetzt, dass der Landkreis ihn baut. Natürlich hat er nicht gesagt, baut den Weg für meine Tochter. Nein. Mein Paps ist viel klüger. Er hat damit argumentiert, dass man dadurch viel mehr Touristen anlocken kann. Und mehr Touristen bedeuten mehr Geld.« Sie grinste verschmitzt. »Jetzt haben wir beide etwas davon.«

Max hatte kaum zugehört. Er quälte sich immer noch mit der Frage, ob er Fritzi von seinen Träumen erzählen sollte oder nicht.

»He! Das war eben witzig. Du solltest wenigstens so tun, als fändest du es lustig«, schimpfte sie gespielt.

Max sah sie verdutzt an. Er hatte keine Ahnung, wovon sie redete.

»Schon gut! Ich nerv dich. Hab's verstanden«, sagte Fritzi leicht gekränkt und machte Anstalten, aufs Rad zu steigen.

Blitzschnell griff Max nach dem Lenker.

»Nein! Das ist es nicht.«

Fritzi zog ungläubig eine Augenbraue hoch.

»Na gut, am Anfang hast du mich genervt. Aber jetzt nicht mehr so.«

»Na danke auch!«, entgegnete Fritzi.

Max holte tief Luft.

»Ich möchte dir was sagen, aber du musst mir versprechen, mich nicht auszulachen«, begann er und wartete ihre Reaktion ab.

»Kann es sein, dass es um Friederike geht?«, fragte sie prompt.

»Woher weißt du das?«

Fritzi zuckte nur die Schultern. »Weiß nicht. Aber jetzt erzähl schon.«

Den ganzen Tag lang hatte Max sich darüber Gedanken gemacht, wie er all die verrückten Ereignisse erklären sollte, doch nun sprudelte es einfach so aus ihm heraus. Er berichtete von dem Buch, das ihm vor die Füße gefallen war, den Träumen, dem schwarzen Hund mit den glühenden Augen und von dem, was er auf dem Gemälde gesehen hatte.

Als er endlich fertig war, sah ihn Fritzi mit riesigen Augen an.

»Wow!«, sagte sie nur. »Jetzt habe ich eine echte Gänsehaut bekommen. Sieh nur!« Sie hielt ihm den Arm hin.

»Glaubst du, dass ich langsam verrückt werde?«

»Nein«, antwortete Fritzi mit fester Stimme. »Willst du wissen, was ich denke?«

Max nickte nur.

»Ich glaube, dass sich die Prophezeiung endlich erfüllt.«

Max sah Fritzi fragend an. »Welche Prophezeiung?«

»Ich habe dir doch die Legende vom Baum erzählt, oder? In der heißt es, dass eines Tages ein Nachkomme des Räubers auftaucht, der an dem Verschwinden von Friederike schuld ist. Und der soll dann das geschehene Unrecht wiedergutmachen.«

»Wie?« Max glaubte sich zwar daran zu erinnern, aber sicherheitshalber wollte er es noch mal hören.

»Das habe ich dir doch schon erklärt«, antwortete Fritzi leicht genervt. »Du solltest besser zuhören. Er muss einen

Nachkommen des Mädchens aus höchster Not retten. An dem Tag dann werden die Seelen des kleinen Mädchens und des Schuldigen Frieden finden.« Fritzi sah Max mit großen Augen an. »Ich bin überzeugt davon, dass du ein Nachfahre von diesem Andreas bist.«

Jetzt hatte Max eine Gänsehaut bekommen. »Unfug!«, sagte er nur.

»Warum nicht? Was, wenn dein Vorfahr, also dieser Andreas, zu dir in den Träumen spricht? Und deine Aufgabe ist es, herauszufinden, was damals mit Friederike passiert ist. Also ich finde das total cool.«

»Cool?« Max sah Fritzi entgeistert an. »Wir können gerne tauschen. Ich finde das nämlich nicht cool, sondern mächtig unheimlich. Ich habe überhaupt keinen Bock auf so etwas.«

»Es ist aber dein Schicksal. Dagegen kannst du nichts machen«, meinte Fritzi nur.

»Und was hat es dann mit dem Hund auf sich? Warum sehe ich überall diese schwarze Bestie?«

Jetzt wusste auch Fritzi keinen Rat mehr. »Keine Ahnung. Vielleicht ist es einfach nur ein Streuner«, schlug sie unsicher vor.

»Ich habe ihn aber auch in meinen Träumen gesehen und auf dem Bild. Was, wenn es ein Geisterhund ist?« Schon allein der Gedanke ließ Max frösteln.

»Ach, du meinst diese Art Hund wie in den Harry-Potter-Büchern? Der wird erst für einen Todesboten gehalten, und dann stellt sich heraus, dass es sein Pate Sirius Black ist. Und der ist ein Animagus. Oder denkst du an Fluffy, den dreiköpfigen Wächter der Hölle? Du glaubst doch nicht, dass es ein solcher Hund war? Er hatte doch nur einen Kopf, oder?« Fritzis Wangen glühten förmlich vor Aufregung, während Max' Gedanken Purzelbäume schlugen.

»Ein Mensch, der sich in ein Tier verwandeln kann? Nein, daran habe ich eigentlich nicht gedacht, eher an einen Todesboten oder den Hund, der den Zugang zur Welt der Toten bewacht.«

»Wahnsinn!«, flüsterte Fritzi. »Du hast ja fast so viel Fantasie wie ich, nur kommen dabei etwas gruseligere Dinge heraus.«

»Machst du dich über mich lustig?«, fragte Max verunsichert.

»Nein! Ich meine das ernst. Beide Erklärungen sind möglich, falls es so etwas wie Geister und Dämonen gibt.«

Nachdem Max nichts darauf sagte, fuhr Fritzi fort. »Theorie eins, der Hund bewacht die Totenwelt. Das würde passen, weil Andreas schon tot ist, und wenn er dir nun erscheint, könnte er dem Hund entkommen sein, und der muss ihn wieder zurückbringen, oder so.«

Max griff nun Fritzis Gedanken auf. »Oder Theorie zwei, der Hund ist ein Todesbote. Auch das würde passen, denn die Legende von dem Baum sagt, dass jemandem aus deiner Familie große Gefahr, vielleicht sogar Todesgefahr, droht. Jetzt ist mir auch etwas unheimlich«, gestand Fritzi. »Wir sollten auf jeden Fall versuchen, mehr über die Geschichte herauszufinden. Am besten, wir fangen bei deinen Vorfahren an und forschen nach, ob du mit Andreas verwandt sein kannst. Weißt du etwas über sie, woher eure Familie kommt oder so?«

Max schüttelte den Kopf. »Ich kenne gerade mal meine Großeltern.«

»Dann lass uns deinen Vater fragen«, schlug Fritzi vor.

»Das geht leider nicht. Der ist heute zu einer Historikertagung gefahren und kommt erst übermorgen wieder.«

»Schade! Aber am Mittwoch gehen wir gleich nach der Schule zu ihm und fragen ihn nach deinen Verwandten aus, einverstanden?«

»Meinetwegen«, entgegnete Max nicht besonders begeistert. Er hatte doch etwas Angst davor, dass Fritzi recht haben könnte. Vielleicht hatte er tatsächlich Vorfahren, die aus der Gegend stammten. War Verrücktwerden da nicht besser?

»Du solltest die Sache positiv sehen«, versuchte Fritzi ihren Freund aufzumuntern. »Vielleicht finden wir ja sogar das Lösegeld. Es ist nie aufgetaucht. Bei den Räubern wurde es damals nicht gefunden. Also muss es noch irgendwo versteckt sein. Und wenn wir es finden, dann sind wir reich!« Fritzi strahlte.

»Du bist doch schon reich.«

»Meine Eltern sind reich. Ich bekomme jeden Monat fünfzehn Euro Taschengeld.« Sie sah Max herausfordernd an. »Ich wette, du bekommst mehr.«

Max brummte nur. »Gerade mal fünf Euro mehr.«

»Na also. Ich würde sagen, wir beide könnten das Geld gut

gebrauchen. Hast du eine Ahnung wie viel 500 Silbergulden heute wert sind?«

Max schüttelte den Kopf. »Ich kann ja mal meine Mutter bitten, das für uns herauszufinden. Immerhin ist sie Journalistin. Oder ich frage meinen Vater.«

»Abgemacht. Von nun an sind wir einem Verbrechen auf der Spur. Unsere geheime Mission heißt *Operation Friederike*. Unsere Aufgabe ist es, mehr über die Entführung herauszubekommen. Dadurch schlagen wir zwei Fliegen mit einer Klappe. Wir finden heraus, was es mit deinen Träumen auf sich hat, und werden auch noch reich.«

Fritzi strotzte nur so vor Energie, während Max sich Sorgen machte.

»Wie lange kann ein Mensch eigentlich ohne Schlaf auskommen?«

»Keine Ahnung, aber irgendwann stirbst du. Da ist es besser, zu träumen. Wir sehen uns dann morgen früh. Lass uns zusammen zur Schule fahren«, verabschiedete sich Fritzi. Ohne es zu merken, hatten die beiden den Schlosshof erreicht.

»Einverstanden. Um halb acht hier«, rief Max ihr zu und schwang sich auf sein Rad. Die letzten Meter zum Gärtnerhaus fuhr er.

Beim Abendessen fragte Max dann doch seine Mutter über seine Vorfahren aus, doch sie war ihm keine große Hilfe.

»Tut mir leid, mein Schatz. Über die Vorfahren deines Vaters weiß ich leider nichts.«

»Hast du dann schon mal was von einer Legende über einen schwarzen Hund gehört?« Fast hatte Max Angst vor einer Antwort.

Wieder schüttelte seine Mutter bedauernd den Kopf. »Eine Legende aus der Region hier? Nein. Aber frag doch mal die alte Dame, die in der Gemeindebücherei aushilft. Sie soll sich mit solchen Geschichten bestens auskennen. Geh doch gleich morgen nach der Schule hin. Die Bücherei liegt doch auf dem Heimweg.«

»Woher weißt du das?«, fragte Max erstaunt.

»Während du in der Schule sitzt, bin ich in der Bücherei. Wir haben doch noch immer keinen Internetanschluss, also arbeite ich dort. Die Leiterin hat nichts dagegen.«

»Kannst du dann für mich auch herausfinden, wie viel 500 Silbergulden aus der Zeit nach dem Dreißigjährigen Krieg heute wert sind?«

»Klar! Wofür brauchst du das alles?«

»Ach, Hausaufgabe. Für Geschichte sollen wir das mit den Gulden rauskriegen, was aber ohne Internet nicht geht. Und in Deutsch sollen wir Nachforschungen über eine lokale Legende anstellen und da fiel mir ein schwarzer Hund ein. Wie bei Harry Potter«, fügte Max erklärend hinzu. »Mir ist gestern einer über den Weg gelaufen, deshalb bin ich auf die Idee gekommen. Hast du ihn auch gesehen? Er scheint niemandem zu gehören.«

Max hielt die Luft an.

Bitte sag Ja, dachte er. Dann wäre es mit Sicherheit irgendein entlaufener Hund gewesen und alles ließe sich doch noch mit zu viel Fantasie erklären.

»Nein, mein Schatz. Ich kann mich an keinen Hund erinnern«, meinte seine Mutter und brachte Max' Hoffnung zu Fall. Jetzt hatte er wieder allen Grund, sich vor der Nacht zu fürchten.

Der Schwarze Hund

Zum ersten Mal seit Samstag war Max aufgewacht, ohne etwas geträumt zu haben. Er war so erleichtert darüber, dass seine Laune bestens war.

»Wahrscheinlich habe ich doch nur zu viel Fantasie. Dieses dauernde Gerede von der Entführung und den Spessarträubern, der Gedenkstein und der alte Baum mit dem Bildnis, das alles muss einen ja verrückt machen. Ich habe einfach keine Lust mehr auf diese Geschichte«, erklärte er Fritzi, als sie sich morgens trafen.

»Wie bitte? Ist das dein Ernst?«

»Mein voller Ernst. Ich will einfach nicht noch mal von der Sache träumen.«

»Und was ist mit dem Hund? Den hast du nicht nur in deinen Träumen gesehen.«

Max machte eine wegwischende Handbewegung. »Der ist bestimmt jemandem weggelaufen und jetzt streunt er hier in der Gegend herum.«

»Und was, wenn nicht? Es kann doch nichts schaden, mehr über deine Vorfahren oder die damalige Entführung herauszufinden. Wenn alles nur deiner Fantasie entsprungen ist, dann passiert auch nichts, außer dass wir das Lösegeld finden.«

Max musste sich eingestehen, dass das Geld durchaus verlockend war.

»Ich habe gestern übrigens meinen Paps gefragt, wie viel die 500 Silbergulden heute wert sind.« Fritzi grinste dabei über das ganze Gesicht. »Aber dich scheint das ja nicht zu interessieren. Dann mache ich eben meine eigenen Nachforschungen. Wenn ich das Geld finde, muss ich es wenigstens mit niemandem teilen.«

»Wie viel Euro würde man denn dafür bekommen?«, fragte Max neugierig.

»Eine Menge, sag ich nur.« Fritzi sah ihn herausfordernd an. »Wenn du weiterhin bei *Operation Friederike* dabei bist, verrate ich es dir.«

Max zögerte kurz. »Ist es wirklich so viel?«

Fritzi nickte.

Vielleicht müsste sein Vater ja doch nicht mehr arbeiten und sie könnten zurück nach Hamburg ziehen.

»Also gut, ich bin wieder dabei«, gab Max nach und hoffte gleichzeitig, dass er die Entscheidung nicht bereuen würde.

»Schwöre es!«, forderte Fritzi ihn auf.

»Meinetwegen. Ich schwöre es beim Grab meiner Vorfahren. Wie gefällt dir das?«

Fritzi strahlte. »Super! Also hör gut zu. Mein Paps hat recherchiert und Folgendes herausgefunden. Damals gab es hier in der Gegend Würzburgische Silbergulden. Sie werden auf dem Sammlermarkt äußert selten angeboten und haben einen hohen Silbergehalt. Und jetzt halt dich fest! Ein einziger dieser Silbergulden hat einen Wert von 1.700 Euro. Das bedeutet, für 500 Silbergulden bekommt man ungefähr 850.000 Euro.«

»Wahnsinn!«, rief Max. Mit einem Schlag waren all seine Bedenken weggefegt. Er wollte nur noch eins, nämlich das Lösegeld finden, und wenn er dafür noch mal träumen musste.

»Also, wo fangen wir mit unseren Nachforschungen an? Oder, wie unser Lateinlehrer sagen würde: carpe diem!«

Fritzis Eifer war ansteckend. »Meine Mutter hat mir gestern einen Tipp gegeben. Sie meinte, wir sollten die alte Dame in der Bücherei fragen.«

»Du meinst Frau Nohris, die da drinnen aushilft? Das kann nicht schaden. Sie kennt sich wirklich aus, wenn es um die Geschichte des Ortes geht. Das meiste hat sie vermutlich selbst erlebt, so alt wie sie ist. Außerdem freut sie sich bestimmt über unseren Besuch.«

»Also abgemacht! Heute nach der Schule gehen wir in die Bücherei.« Max schwang sich auf sein Fahrrad und fuhr los.

»Genau!«, rief Fritzi ihm nach. »Und nächste Woche sind wir Millionäre.«

Die Gemeindebücherei befand sich im alten Schulhaus des Ortes. Sie wirkte frisch saniert und erstaunlich gut ausgestattet. Max vermutete, dass auch dafür Fritzis Vater gesorgt hatte. Zielstrebig ging Fritzi an die Ausleihtheke und erkundigte sich nach der alten Dame.

Eine junge Frau strahlte die beiden an. »Da wird sich Rosa

aber freuen, wenn so junge Leute wie ihr etwas von ihr wissen wollt. Sie ist im ersten Stock bei den Sachbüchern.«

»Danke, Frau Ruschmann!«, rief Fritzi und eilte die Treppen hinauf. Max folgte ihr, wobei er immer zwei Stufen auf einmal nahm, um hinterherzukommen.

Wie sich schnell herausstellte, war Frau Nohris eine sehr sympathische ältere Dame.

»Ich kriege Besuch? Das freut mich aber. Wie kann ich euch helfen?«, fragte sie begeistert.

Max und Fritzi sahen sich an. Jeder wartete darauf, dass der andere begann.

Schließlich gab Max nach. Am besten, dachte er, blieb er bei der Geschichte, die er seiner Mutter erzählt hatte.

»Wir müssen für die Schule eine lokale Sage nachforschen und darüber berichten. Und da fiel uns die Geschichte von der Entführung Friederike von Hohensteins ein. Da gibt es doch eine Sage über die Erlösung ihrer Seele. Kennen Sie die?«

»Natürlich!«, lachte Frau Nohris. »Mein Vater, der früher Lehrer in diesem Schulhaus war, hatte sogar Nachforschungen dazu angestellt. Er hat die historischen Ereignisse in einem Buch festgehalten.«

Max begann aufgeregt, in seinem Rucksack zu kramen. »Ist es zufällig das hier?«, fragte er und hielt das Buch hoch, das ihm in der Schlossbibliothek vor die Füße gefallen war.

»Ja!«, rief die alte Dame erfreut. Beinahe zärtlich nahm sie das Buch in ihre Hände und blätterte darin. »Ich erinnere mich noch gut daran, wie mein Vater die Schriftquellen im

Schlossarchiv durchstöbert hat. Manchmal hat er mich mit ins Schloss genommen. Ich fand das als kleines Mädchen so aufregend.« Frau Nohris' Blick war weit in die Ferne gerückt. »Wie herrlich die Räume waren. Baron von Hohenstein und seine Familie habe ich richtig beneidet.« Sie kicherte wie ein kleines Mädchen. »Erst neulich habe ich eine Schlossführung mitgemacht. Alles war noch so, wie ich es in Erinnerung hatte. Ist das nicht fabelhaft?«

»Nein!«, widersprach Fritzi barsch. »Sie müssen dort ja nicht leben. Manchmal komme ich mir darin vor, als wäre ich in der Vergangenheit gefangen. Überall nur altes Zeug! Niemals wird irgendetwas weggeworfen. Es könnte ja mal einem Vorfahren gehört haben.« Fritzi verdrehte die Augen. »Als ob uns ihre Geister nachts zur Strafe besuchen würden.«

Frau Nohris sah das Mädchen neugierig an. Dann klatschte sie begeistert in die Hände.

»Wo habe ich nur meine Augen gehabt? Du musst die Tochter des kleinen Christian sein. Heißt du auch Friederike?«

Fritzi nickte. »Aber alle nennen mich Fritzi. Und das ist mein Freund Maximilian, aber zu dem dürfen Sie Max sagen. Sein Vater ist der neue Schlossarchivar.«

»Es freut mich sehr, euch beide kennenzulernen.« Sie strich dabei Fritzi zärtlich über die Wange. »Als ich so alt war wie du, durfte ich ab und zu mit deinem Opa und seiner Schwester spielen. Diese Ähnlichkeit hätte mir gleich auffallen müssen. Als Kinder haben wir am liebsten auf dem Dachboden gespielt. Wie du schon sagtest, nichts wird weggeworfen. Wenn, dann landet es auf dem Speicher. Er war voller alter Möbel, Koffer und Kisten mit altmodischen Kleidern und Hüten, Spielzeug, rostiger Degen und kaputter Gemälde. Ich erinnere mich sogar an ein löchriges Löwenfell. Wir hatten damit Großwildsafari gespielt. Dein Opa war natürlich der Jäger und ich und seine Schwester die feinen Damen, die ihn begleiteten. Wir zogen dann immer alte Kleider an und setzten viel zu große Damenhüte auf.« Die alte Frau lachte verzückt. »Wir hatten so viel Spaß. Ich hoffe, du warst auch schon auf dem Dachboden.«

Fritzi schüttelte den Kopf.

»Dann musst du es auf der Stelle nachholen. Du ahnst ja nicht, wie viele Abenteuer dort zu finden sind.«

Frau Nohris ging zu einem Tisch mit Stühlen und setzte sich. »Ich bin nicht mehr die Jüngste. So lange stehen fällt meinen alten Knochen schwer. Kommt, setzt euch zu mir. Und dann erzählt, was ihr wissen wollt.«

Wieder war es Max, der den Anfang machte. »Haben Sie schon mal etwas von einem schwarzen Hund gehört, vor allem in Zusammenhang mit der Entführung von Friederike von Hohenstein?«

»Ihr meint die Schwarzen Hunde aus den Sagen?«

Max und Fritzi nickten.

»Nun, Schwarze Hunde gibt es in vielen Kulturen, aber hauptsächlich im britischen Volksglauben. Sie sollen größer als normale Hunde sein, ein schwarzes struppiges Fell und leuchtend rote Augen haben. Weil sie meist an alten Kreuzungen, Pfaden und Hinrichtungsstätten auftauchen, glauben die Menschen, dass sie den Tod bringen.«

Max schluckte schwer. Die Beschreibung passte haargenau auf seinen Hund.

»Sind diese Schwarzen Hunde denn alle böse?«, fragte Fritzi.

»Ich fürchte ja. Aber ich habe auch schon von guten Schwarzen Hunden gelesen. Die Eltern in Somerset glauben, dass sie auf ihre Kinder aufpassen. Und in anderen Kulturen werden sie für Wächter der Unterwelt gehalten, die die Lebenden und die Toten daran hindern, die Grenzen zu überschreiten. Als Wanderer zwischen dem Diesseits und dem Jenseits können sie aber auch Begleiter der Toten in die Unterwelt sein oder zwischen den Seelen der Toten und den Lebenden vermitteln.«

Max schwirrte der Kopf. Warum wusste Frau Nohris so viel über das Thema?

Die alte Frau lachte plötzlich, als könnte sie Gedanken lesen. »Vielleicht sollte ich euch sagen, dass ich eine Vorliebe für Gruselgestalten habe. Ich weiß alles über sie. Und eines weiß ich mit Sicherheit. Die meisten Schwarzen Hunde sind unheilbringend und übelwollend. In Nordengland und Schottland ist Black Angus der Berühmteste. Wem er sich zeigt, der muss sterben. Sir Arthur Conan Doyle hat übrigens nach solchen Geisterhundgeschichten seinen berühmten Roman *Der Hund von Baskerville* geschrieben.«

»Ist das nicht eine Geschichte mit Sherlock Holmes?«,

fragte Fritzi neugierig. »Ich habe den Film mit meinen Eltern gesehen. Er war total gruselig, mit viel Nebel, Moor und einem unheimlichen Mörderhund. Ich krieg jetzt noch eine Gänsehaut, wenn ich daran denke.«

Und ich, wenn ich an die Bestie denke, die ich gesehen habe, dachte Max. »Diese Schwarzen Hunde, wurden die auch schon bei uns in der Gegend gesehen, vielleicht sogar in Verbindung mit der Entführung?«

Die alte Dame dachte nach. »Jetzt, wo du danach fragst, fällt mir wieder der Bericht eines Dorfpfarrers ein, auf den mein Vater bei seinen Recherchen gestoßen ist. Er war sogar ein Zeitzeuge. Der Pfarrer erwähnte darin einen Schwarzen Hund, der kurz vor der Entführung des Mädchens mehrmals vor dem Schloss erschienen sein soll. Weil er allen Angst gemacht hatte, wurde er jedes Mal davongejagt. Aber er kam immer wieder zurück. Erst als Friederike entführt worden war, tauchte der Hund am Schloss nicht mehr auf. Der Pfarrer, der offenbar sehr abergläubisch war, nahm dies als Zeichen, dass das Mädchen tot war. Er hielt den Hund für einen Todesboten.«

»Das ist ja unheimlich«, flüsterte Fritzi.

»Wurde der Hund seitdem noch mal gesehen?«, wagte Max die Frage, fürchtete aber zugleich eine Antwort.

»Nach dem Verschwinden des jungen Mädchens wurde er öfters am *Kalten Stein* gesehen. Die Leute glaubten, dass dort irgendwo das arme Kind begraben lag. Der Pfarrer ließ überall Löcher ausheben, aber gefunden wurde Friederike von Hohenstein nie.«

»Und was geschah mit dem Hund?«, hakte Max nach.

»Der war irgendwann weg. Im Laufe der Jahrhunderte wurde er aber hin und wieder gesichtet, und immer in der Nähe vom *Kalten Stein.*«

»Haben Sie den Schwarzen Hund selbst schon gesehen?«, wollte Fritzi wissen, die gebannt an den Lippen der alten Frau hing.

»Nein, zum Glück nicht! Sonst wäre ich vermutlich nicht so alt geworden. Warum fragt ihr?« Dabei sah Frau Nohris die beiden Kinder sehr eindringlich an. Am liebsten hätte Max alles erzählt, aber ehe er antworten konnte, fiel ihm Fritzi ins Wort.

»Warum hat Ihr Vater nichts von dem Hund in seinem Buch erwähnt?«

»Er hielt wohl die Geschichte für wenig glaubwürdig. Ihr müsst wissen, er war ein Mann der Tatsachen. Einem Pfarrer, der dem Aberglauben verfallen war, wollte er wohl keinerlei Würdigung zukommen lassen, indem er über ihn schrieb.«

»Hat Ihr Vater jemals eine Vermutung geäußert, was mit dem Lösegeld geschehen ist?«, fragte Fritzi.

»Als Mädchen habe ich davon geträumt, reich zu sein und die ganze Welt zu bereisen. So viel Geld hat natürlich meine Fantasie beflügelt. Doch als ich meinen Vater danach gefragt habe, ist er wütend geworden. *Mit Blutgeld will ich nichts zu tun haben*, hat er gepoltert.«

»Hatte Ihr Vater denn keinen Verdacht?« Fritzi wollte so schnell nicht aufgeben.

»Soll ich euch etwas verraten? Ich glaube, mein Vater war nur so wütend, weil er selbst nicht hinter das Geheimnis des verschwundenen Lösegeldes gekommen ist.« Die alte Dame kicherte vergnügt. Dann erzählte sie noch einmal alles, was sie über die Entführung der kleinen Baroness und die Sage wusste. Für Max und Fritzi war darunter nichts Neues mehr.

Irgendwann tauchte Frau Ruschmann auf.

»Ich muss euch leider unterbrechen, aber wir schließen in fünf Minuten. Eurem Freund habe ich das auch schon gesagt«, erklärte sie freundlich. »Ich habe ihn eben auf der Treppe getroffen.«

»Welchen Freund?«, fragte Fritzi verwirrt.

»Na, der blonde Junge. Er hat, kurz nachdem ihr gekommen seid, nach euch beiden gefragt. Ich habe ihn zu euch hinaufgeschickt.«

Max und Fritzi sahen sich ratlos an. Wer konnte das gewesen sein und warum hatte er sich dann nicht bei ihnen gemeldet?

»Hier war niemand«, wunderte sich Max.

»Das ist ja merkwürdig«, meinte sie nur und verschwand wieder nach unten. »Denkt dran, wir schließen gleich.«

»Meine Güte, ist es wirklich schon so spät? Wie die Zeit vergeht, wenn man sich prächtig unterhält«, trällerte Frau Nohris gut gelaunt. Der heimliche Besucher schien sie nicht zu beunruhigen. »Ihr zwei habt mir sehr viel Freude bereitet. Ich habe schon lange nicht mehr in Kindheitserinnerungen geschwelgt. Ich danke euch sehr für euren Besuch.«

»Wir müssen Ihnen danken«, entgegnete Fritzi höflich. »Aus den Büchern hätten wir nicht so viel erfahren.«

Ja, dachte Max. Jetzt habe ich wieder allen Grund, mich vor dem Schwarzen Hund zu fürchten.

»Ihr müsst mich unbedingt mal wieder besuchen«, bat Frau Nohris. »Mich würde nämlich brennend interessieren, wie euer Referat ausgefallen ist.«

»Versprochen! Und Sie müssen uns dann vom kleinen Christian erzählen.« Fritzi lächelte verschmitzt.

Beim Gehen flüsterte Fritzi begeistert: »Jetzt wissen wir wenigstens, dass dieser Hund sogar schon Friederike erschienen ist. Du fantasierst also nicht.«

»Na danke auch!«, rief Max empört. »Soll das jetzt heißen, dass diese Bestie mir meinen Tod angekündigt hat?«

»Nein, ich glaube nur, dass ihr Erscheinen eine Bedeutung hat. Frau Nohris hat auch gesagt, dass es gute Schwarze Hunde gibt, die auf Kinder aufpassen. Vielleicht hat der Hund ja die bevorstehende Gefahr gewittert und das Mädchen beschützen wollen. Und hätten die Erwachsenen ihn nicht immer wieder vertrieben, wäre ihr vielleicht auch nichts passiert. Das kann doch auch sein, oder?«

»Ja, und vielleicht werde ich nächstes Jahr Papst!«

Doch zu einer Antwort kam Fritzi nicht.

»Vermaledeiter Krötenmist!«, rief sie und zeigte auf Max' Fahrrad.

Beide Reifen waren aufgestochen. Am Gepäckträger klemmte eine Nachricht.

»Jetzt weiß ich, wer uns in der Bücherei nachgeschnüffelt hat«, knurrte Max und las laut vor.

»Zur Erinnerung an deine Schulden!
Das nächste Mal tut's richtig weh!

PS: Haltet euch von meinem Wald fern!«

»Mistkerl!«, rief Fritzi empört. »Julian hat unser ganzes Gespräch mit Frau Nohris belauscht.« Wütend holte sie ihr Handy aus der Tasche. »Ich rufe Franz, unseren Hausmeister, an. Der soll uns mit dem Lieferwagen abholen. Und wenn wir ihn ganz lieb bitten, repariert er dir vielleicht sogar das Fahrrad. Ich bin mir sicher, dass wir im Schuppen noch ein paar alte Schläuche haben.« Und schon wählte sie die Nummer.

Max strahlte, trotz Julians Drohung und Schwarzer Hunde. Zum ersten Mal fühlte er sich hier in Hohenstein zu Hause, hatte das Gefühl, irgendwie dazuzugehören. Und Fritzi hatte ihn einen Freund genannt.

Der Familienstammbaum

An diesem Morgen war Max erneut ohne jegliche Erinnerung an einen Traum aufgewacht. Eine weitere Nacht ohne Räuber und Schwarzen Hund. Warum es so war, wusste er nicht. Es war ihm auch egal. Wichtig war nur, dass er nichts, rein gar nichts geträumt hatte.

Und so war er den ganzen Morgen über bestens gelaunt, was sogar seiner Mutter auffiel. Im Schlosshof wartete Fritzi bereits ungeduldig mit dem Rad auf ihn.

»Hast du heute Nacht wieder von Andreas geträumt?«

Max schüttelte den Kopf und fuhr los. Doch Fritzi hatte ihn schnell eingeholt.

»Vielleicht hast du den Traum nur wieder vergessen.«

»Nein, das glaub ich nicht. Vermutlich haben wir einfach etwas in den Träumen gesehen, was gar nicht da war.« Max wurde langsamer und ließ Fritzi an ihm vorbeifahren. Er hatte keine Lust, mit ihr darüber zu reden. Vor allem traute er sich nicht, ihr zu sagen, dass er trotz seines Versprechens erneut bei *Operation Friederike* aussteigen wollte. Vor allem fürchtete er sich davor, Fritzi als Freundin wieder zu verlieren. Es war immerhin keine Sandkastenfreundschaft, die trotz blöden Benehmens ewig hielt. Aber das gestrige Gespräch mit Frau

Nohris über Schwarze Hunde jagte ihm noch immer einen Schauer über den Rücken. Er wollte mit diesen gruseligen Geschichten einfach nichts mehr zu tun haben.

»Wie meinst du das?«, hakte sie nach.

»Die Geschichten von dem Schwarzen Hund und der Legende sind doch nur Ammenmärchen. Sie sollen uns Angst machen. Nicht mehr und nicht weniger.«

Fritzi sah ihn fragend an. »Was willst du damit sagen?«

»Ganz einfach, es waren nur Träume. Nichts weiter. Einfach nur Träume. Und heute Nacht hatte ich zum Glück wieder keinen. Was vermutlich auch so bleiben wird, wenn wir aufhören, ständig darüber zu reden.«

»Soll das heißen, du steigst einfach wieder aus?«, fragte Fritzi entsetzt.

»Ja, ich habe keine Lust mehr, das angebliche Lösegeld zu suchen. Nicht mal der Dorflehrer hat es gefunden. Und wer meine Vorfahren waren, ist mir auch egal.«

Fritzi machte eine Vollbremsung und stieg vom Rad. »Soll das heißen, dir ist auch das Schicksal der kleinen Friederike von Hohenstein egal?« Sie klang ehrlich empört. »Und wenn deine Träume doch etwas zu bedeuten haben? Wenn du doch ein Nachfahre dieser Räuber bist und jemanden aus meiner Familie aus höchster Not retten sollst?«

Max, der Fritzi fast ins Hinterrad gerauscht wäre, stieg nun ebenfalls ab. »Wenn die ganze Sache nur meiner Fantasie entsprungen ist, besteht doch gar keine Gefahr«, verteidigte er sich. »Und außerdem ist diese Friederike schon seit ein paar

Jahrhunderten tot und daran kann ich sowieso nichts ändern.«

Doch Fritzi ließ nicht locker. »Du hast es mir hoch und heilig versprochen. Ich bestehe darauf, dass du dein Versprechen einlöst und mit mir heute Nachmittag zu deinem Vater gehst. Wenn sich herausstellt, dass du keine Vorfahren aus der Gegend hast, erkläre ich *Operation Friederike* für beendet. Falls aber irgendein Urahn aus dem Spessart stammt, ziehst du mit mir die Sache durch.«

Fritzi sah Max flehentlich an. Er spürte, dass ihr die Sache wichtig war. Vielleicht hatte auch sie Angst, wenn auch nicht vor dem Schwarzen Hund, sondern eher davor, dass sich die Überlieferung erfüllen könnte und jemand aus ihrer Familie in Gefahr war, vielleicht sogar sie selbst. Erst gestern hatte Fritzi ihn einen Freund genannt, sollte er sich dann nicht auch wie einer verhalten?

»Also gut«, gab Max nach. »Gleich nach der Schule gehen wir zu meinem Vater ins Schlossarchiv.«

Dieses Mal benutzte Max nicht den Dienstboteneingang, um zu einem der Diensträume seines Vaters zu gelangen. Er lief einfach Fritzi hinterher, die die Touristengruppe ignorierte, die in übergroßen Filzpantoffeln durch die Räume des Schlosses schlurfte. Ihre neugierigen Blicke störten sie nicht im Geringsten, aber Max fühlte sich regelrecht von ihnen durchbohrt.

»Das Archiv ist am anderen Ende des Schlosses«, erklärte

Fritzi. »Wir könnten zwar auch den Dienstbotenweg gehen, aber das dauert ewig. Das Archiv liegt übrigens in allen Schlössern möglichst weit weg von der früheren Küche.«

»Warum das?«, fragte Max neugierig.

»Wegen der Brandgefahr. Früher wurde doch auf offenem Feuer gekocht und im Archiv lagern sämtliche Besitzurkunden. Deswegen auch diese Stahltür.« Fritzi deutete nach vorne.

»Ich sehe nur eine Tür, die wie jede andere aussieht.«

»Schon, aber die ist nur Tarnung.« Sie öffnete die Tür, und dahinter kam tatsächlich eine zweite Tür aus Stahl zum Vorschein, die sie forsch aufriss.

»Siehst du!« Ohne zu zögern, betrat Fritzi den Raum dahinter und rief nach Max' Vater. »Herr Schwarz! Wir sind es nur, Ihr Sohn und ich, Fritzi!«

»Mein Gott, ist das hier eine Unordnung!«, rief Max erstaunt und sah sich um. Entlang der Wände stapelte sich in Regalen ein Wirrwarr von überquellenden Kisten, Kartons und Ordnern. »Was um alles in der Welt steht auf diesen ganzen Zetteln?«

»Hallo, Kinder, das freut mich aber, dass ihr mich mal in meinem Reich besuchen kommt. Das, was du hier siehst, Max, sind alte Schriftstücke, Urkunden, Korrespondenzen, vor allem wirtschaftlicher und juristischer Natur. In ihnen ist der Grundbesitz der Familie von Hohenstein vermerkt, die Zehnteinnahmen, Pachtverträge, Rechtsstreitigkeiten und solche Dinge.«

Max entdeckte auf einem Tisch alte Landkarten, auf denen

in grünen, gelben und roten Farben Hausgrundrisse, Äcker und Wälder verzeichnet waren.

»Deinen Job möchte ich ehrlich gesagt nicht machen. Bis du das alles durchgeackert hast, gehst du schon in Rente«, meinte Max erschüttert.

»Ach was!«, wiegelte sein Vater ab. »Es sieht schlimmer aus, als es ist, auch wenn ich auf die mumifizierte Ratte, die unter einem Papierstapel zum Vorschein kam, gut hätte verzichten können. Zum Glück hat Anfang des letzten Jahrhunderts ein Dorflehrer etwas Ordnung in die Urkunden gebracht. Darauf kann ich gut aufbauen.«

Max und Fritzi wurden sofort hellhörig. »Hieß der zufällig Nohris?«, riefen beide gleichzeitig.

Max' Vater sah sie erstaunt an. »Ja. Woher kennt ihr seinen Namen?«

»Ich hab sein Buch in der Bibliothek gefunden«, erklärte Max. »Und außerdem haben wir mit seiner Tochter gesprochen. Sie hilft in der Gemeindebücherei aus.«

»Wirklich? Seine Tochter lebt noch? Sie muss ja schon fast hundert sein. Ich muss sie unbedingt kennenlernen. Sie weiß bestimmt einiges über den Ort und das Schloss.«

»Das kannst du laut sagen«, platzte Max heraus und sein Vater sah ihn verwundert an.

»Gibt es eigentlich einen bestimmten Grund für euren Besuch?«

Fritzi nickte. »Ja, wir wollten etwas über Max' Vorfahren herausfinden.«

Der Archivar strahlte über das ganze Gesicht. »Wie kommt es zu dem plötzlichen Sinneswandel? Bisher hast du meine Familienforschung immer nur zum Gähnen langweilig gefunden.«

»Ist es ja eigentlich immer noch«, gestand Max. »Wir wollen nur etwas über meine Vorfahren im 17. Jahrhundert wissen, wie sie hießen und wo sie gelebt haben.«

»Ob du es glaubst oder nicht, aber erst gestern auf der Tagung in Würzburg hatte ich ein wenig Zeit und Gelegenheit im dortigen Archiv etwas nachzuforschen. Meine letzte Spur hatte mich nämlich dorthin geführt.«

Max spürte, wie sich seine Brust zuschnürte. Er ahnte fast, was nun kommen würde, und war sich sicher, dass es ihm nicht gefiel.

»Mir ist der bislang älteste Nachweis unserer Familie gelungen.« Herr Schwarz strahlte, während Max immer blasser um die Nase wurde. »1649 wurden drei Brüder im Alter von drei, fünf und zwölf Jahren in das Waisenhaus von Würzburg eingeliefert. Aus der Urkunde geht hervor, dass sie sozial verwahrlost waren und aus dem Spessart stammten. Der Älteste von ihnen hieß Andreas Schwarz. Von ihm stammen wir ab.«

Max war kreidebleich geworden, während Fritzis Wangen vor Aufregung glühten.

»*Sozial verwahrlost* – bedeutet das, sie stammen aus einer Räuberfamilie aus dem Spessart?«, fragte sie.

»Das kann schon sein. Vor allem im 18. Jahrhundert hat man ganze Räuberfamilien zur Umerziehung in Arbeitshäuser gesteckt. Andererseits gab es nach dem Dreißigjährigen Krieg ganze Heerscharen sozial verwahrloster Menschen, die ihr Zuhause und ihre Familien verloren hatten. Ich fürchte, die Heime waren voll mit Kindern, die Opfer des Krieges waren.«

»Aber es könnte doch sein, dass Andreas' Vater einer der Räuber war, der Friederike von Hohenstein entführt hat. Die Jahreszahl würde passen«, erwiderte Fritzi beinahe trotzig.

Max' Vater sah sie erstaunt an. »Daran habe ich noch gar nicht gedacht. Ich habe zwar von der Entführung gelesen, aber wann genau die war, hätte ich nicht sagen können. Bist du dir sicher?«

Fritzi nickte ernst. »17. Juli 1649.«

»Stell dir vor, Max«, rief sein Vater begeistert. »Dein Urururgroßvater war vielleicht ein Spessarträuber, möglicherweise sogar ein berüchtigter Räuberhauptmann! Ich muss mir unbedingt die Gerichtsurkunden zu dieser Entführung ansehen. Vielleicht hatte ja einer der Räuber den gleichen Namen.«

Oh Gott!, dachte Max. Das Ganze entwickelte sich irgendwie zu einem Albtraum. Krampfhaft überlegte er, ob in dem Buch des Dorflehrers die Namen der Räuber erwähnt wurden, aber er konnte sich nicht erinnern. Wenn sein Familienname aufgetaucht wäre, wäre ihm das ganz sicher aufgefallen.

»Du hast doch das Buch bestimmt dabei, Max«, mischte sich plötzlich Fritzi ein, griff nach seinem Rucksack und begann, darin zu kramen. »Hier ist es! Lass uns doch mal nachsehen, was der Vater von Frau Nohris schreibt.« Und schon blätterte sie das Buch durch, bis sie die Stelle gefunden hatte.

Ihre Augen huschten nur so über den Text, dann schüttelte sie enttäuscht den Kopf. »Nein, da steht nur ganz am Schluss des Kapitels in einem Anhang: *Die Gerichtsakten nennen als Hauptschuldige einen Räuberhauptmann Adam, die Räuber Andres Merten, genannt Kesselflicker, Henri Renoir aus Frankreich, genannt Welscher, Peter Klein, genannt Heidenpeter, Mathias Pfister, genannt Krämermathes, Veit Goerzel, Georg Schreiner sowie Christian und Franz Holzer.*«

Max' Beine wurden weich. Am liebsten hätte er sich übergeben. Diese Namen kannte er alle aus seinen Träumen. Konnte das noch Zufall sein? Konnte sein Unterbewusstsein sich diese Namen gemerkt und in seine Träume eingewoben haben? Nein. Er war sich ganz sicher, das Kleingedruckte nicht gelesen zu haben.

»Vielleicht steht ja in den Originalurkunden doch noch mehr. Oder ich sehe in anderen Schriftquellen nach, ob diese Namen auftauchen. Vielleicht sind sie ja davor schon mal aktenkundig geworden«, meinte Max' Vater, als er Fritzis enttäuschtes Gesicht sah. »Sobald ich etwas Zeit habe, werde ich dem nachgehen. Und wenn ich etwas finde, sage ich euch Bescheid, einverstanden?«

Beide nickten, auch wenn Max inständig hoffte, dass sein Vater niemals Zeit dafür haben würde.

Als sie wieder im Schlosshof waren, platzte Fritzi nur so heraus: »Ich habe es doch gleich gesagt. Du bist ein Nachkomme von diesem Andreas. Ist das nicht toll?«

Max sah seine Freundin entgeistert an. »Sag mal, bei dir

piept es wohl? Hast du eigentlich schon darüber nachgedacht, was es bedeutet, wenn die Prophezeiung sich erfüllt? Dann ist jemand aus deiner Familie in großer Gefahr, vielleicht sogar du.«

Eine Antwort wartete er nicht ab. Er schnappte sich sein Rad und fuhr los.

Tief in seinem Inneren wusste er, dass Fritzi recht hatte, auch wenn er es niemals zugeben würde. Sobald man nämlich etwas beim Namen nannte, wurde es real, und das wollte er auf keinen Fall. Aber die Angst war trotzdem da, und je näher die Schlafenszeit rückte, umso größer wurde sie. Was, wenn die Träume wiederkamen?

Der vierte Traum

Max sah sich verwirrt um. Es war taghell. Sonnenstrahlen fielen in seidenen Streifen durch das grüne Blätterdach und verwandelten den Wald in eine märchenhafte Welt. Alles um ihn herum wirkte so friedlich. Ganz in der Nähe musste sich ein Specht auf Insektenjagd befinden. Der Hall seines steten Hämmerns sprang wie ein Eichhörnchen von Baumstamm zu Baumstamm und gab dem lichtdurchfluteten Wald seinen Herzschlag.

Träumte er erneut? Ganz bestimmt, aber war es der gleiche Traum wie die letzten Male? Hoffung keimte in Max auf, denn hier im Wald war es so anders als in dieser verrauchten, düsteren Hütte. Aber war er nicht auch in seinem letzten Traum plötzlich im Wald gewesen? Max sah an sich hinunter und sein Mut verließ ihn. Wieder hatte er die schäbige Kleidung eines Räuberkindes an. Doch wenn er erneut in diesem Albtraum feststeckte, wo war dann Andreas?

Ein lauter Schall drang plötzlich durch den Wald und ließ Max zusammenzucken. Sofort folgte weiterer Lärm. Wie bei einer Treibjagd, schoss es Max durch den Kopf. Gehetzt sah er sich um. Der Lärm schien aus allen Richtungen zu kommen. Doch dann nahm er eine Bewegung wahr und ging schnell hinter einem Baum in Deckung. Jemand kam näher. Max hielt den Atem an. Wer konnte das sein?

Es war nicht nur eine Person. Max sah deutlich einen zweiten, wenn auch kleineren Schatten. Dann schrie jemand: »Ich elender Feigling!«

Es war Andreas, der wütend durch den Wald streifte und dabei mit einem Stock auf die Bäume einschlug. Doch nicht Andreas ließ Max in Panik geraten, sondern das Wesen dicht hinter dem Jungen. Es war der Schwarze Hund.

Ohne nachzudenken, verließ Max seine Deckung.

»Pass auf! Hinter dir! Lauf!«, brüllte er aufgeregt, doch Andreas konnte ihn wie die letzten Male weder hören noch sehen.

Max hob einen Ast auf und warf ihn gegen den Hund, aber er verfehlte ihn. Starr vor Angst sah er zu, wie beide immer näher kamen.

»Wäre ich nur mutiger gewesen!« Voller Zorn schlug Andreas wieder und wieder auf eine Buche ein, bis sein Stock am harten Stamm zerbrach. Dann sank er kraftlos zu Boden und vergrub seinen Kopf zwischen den Knien. Der Hund trat dichter an ihn heran. Doch statt sich auf ihn zu stürzen, winselte er und leckte dem Jungen die Hand.

Verwirrt beobachtete Max das Ganze. Der Hund verhielt sich gar nicht, wie er erwartet hatte. Vielmehr benahm er sich wie ein Freund.

Andreas hob den Kopf und streichelte das Tier. »Du kannst nichts dafür, alter Knabe. Zwei Tage lang hast du versucht, denen meine Nachricht zu überbringen. Aber die Dummköpfe haben Stöcke und Steine nach dir geworfen.«

Der Hund legte den Kopf in Andreas' Schoß, als würde er ihm Trost spenden wollen.

»Du bist der einzige Freund, den ich habe, weißt du das?« Andreas drückte sein Gesicht fest in das Fell des Hundes, dann löste er den Knoten des Seils, das um seinen Hals gebunden war.

»Das brauchen wir jetzt nicht mehr.«

Der Junge schleuderte es von sich direkt vor Max' Füße. Neugierig bückte er sich und hob das Seil auf. Ein Stück Stoff war daran befestigt. Max entdeckte darauf die Zeichnung, mit der Andreas das Mädchen warnen wollte. Sie war mit Holzkohle aufgetragen. Die zittrigen Linien verrieten eine ungeübte Hand.

»Wer weiß, ob sie meine Warnung überhaupt verstanden hätten?«, sagte Andreas plötzlich, als wüsste er, dass Max sie sich gerade ansah. »Ich tauge einfach zu nichts! Nicht mal schreiben kann ich.«

Der Hund leckte ihm die Wange.

»Hätte ich nur mehr Mut gehabt. Ich hätte einfach selbst hingehen müssen. Aber ich hatte ja Schiss vor den Soldaten des Barons. Jetzt ist es zu spät. Die Kleine heult sich gerade im Rattenloch die Seele aus dem Leib. Adam hat schon recht, wenn er mich einen feigen Jammerlappen schimpft.«

Max tat der Junge leid. Offenbar hatte er versucht, Friederike von Hohenstein zu warnen, aber die Wachen hatten seinen Hund so sehr gefürchtet, dass sie ihn gar nicht nah genug an sich rangelassen hatten, um die Botschaft überhaupt zu sehen. Der Dorfpfarrer hatte also die Wahrheit geschrieben, auch wenn es kein Geisterhund war.

»Du bist nicht schuld!«, rief er Andreas zu. »Hörst du! Dein Vater ist schuld, nicht du! Was kannst du für die Dummheit der Leute? Sie hatten einfach nur Angst vor deinem Hund.«

Andreas stand abrupt auf, als hätten die aufmunternden Worte ihn erreicht.

»Lass uns zu der Kleinen gehen und sie wenigstens etwas trösten.«

Max war sich nicht sicher, ob der Junge ihn oder seinen vierbeinigen Freund meinte.

»Das kannst du vergessen, Andreas Schwarz, oder wie immer du heißt!«, rief er dem Jungen hinterher. »Ich werde einen Teufel tun und wieder zu der Räuberhöhle zurückkehren.«

Doch statt aufzuwachen, stand Max plötzlich vor der Hütte des Räuberhauptmanns. Sie sah außen genauso schäbig aus wie innen. Das Fundament des Hauses bestand aus unregelmäßigen Steinquadern. Darüber erhob sich Fachwerk, an dem der Lehmverputz bereits abbröckelte. Das strohgedeckte Dach wirkte ebenfalls löcherig. Um das Haus herum war dichter, undurchdringlicher Wald. Nur ein sehr schmaler, kaum sichtbarer Pfad führte zu dem Unterschlupf.

Die Tür der Hütte öffnete sich und Andreas schlich heraus. In der einen Hand hielt er Brot, in der anderen einen hölzernen Becher. Der Junge blieb kurz stehen und sah sich verstohlen um, dann huschte er davon. Max folgte ihm.

Hinter dem Haus erstreckte sich ein mit Bäumen bewachsener Hang, in den vor langer Zeit ein Vorratskeller gegraben worden war. Die Tür hing schief, der hölzerne Türsturz war in der Mitte eingerissen und drohte jederzeit endgültig auseinanderzubrechen.

Der Räuberjunge schob den Riegel zur Seite und öffnete die Tür. Sofort schlug ihnen ein feuchter, erdiger Geruch entgegen. Noch einmal sah sich Andreas um, dann verschwand er in der Dunkelheit des Kellers. Sollte Max ihm folgen? Hatte er überhaupt eine Wahl? Schließlich nahm er all seinen Mut zusammen und ging hinterher.

Kaum hatte Max den Keller betreten, wurde er von der Finsternis verschluckt. Stufen führten in die Tiefe hinab. Zaghaft tastete er sich vorwärts. Unten angekommen, hatten sich seine Augen an das düstere Licht gewöhnt. Andreas war gerade dabei, eine Kerze zu entzünden. Ihr winziges Licht warf unheimliche Schatten auf das Gewölbe. Max erkannte Ziegelsteine und losen Mörtel, durch den sich zahlreiche Wurzeln einen Weg gebahnt hatten. An einigen Stellen bröckelte es bereits.

»Du musst keine Angst vor mir haben«, hörte er Andreas sagen, und jetzt erst bemerkte er die zierliche, kleine Gestalt. Es war Friederike von Hohenstein, die in der hinteren Ecke des Kellers kauerte. Ihre Hände und Beine waren gefesselt, ihr tränennasses Gesicht schmutzverschmiert und ihr langes blondes Haar hing zerzaust über den Schultern. Auch ihr hübsches weißes Kleid mit den vielen winzigen Blümchen und Rüschen war dreckig und an einigen Stellen eingerissen. Max merkte, wie er die Hände zu Fäusten ballte. »Der Teufel soll dich holen, Adam!«, murmelte er.

Andreas kniete sich zu dem Mädchen hinunter. »Warte, ich löse dir die Handfessel, damit du etwas essen und trinken kannst!« Er sprach ruhig und freundlich mit Friederike, die ihm schluchzend die gebundenen Hände hinhielt.

»Die Kerze lasse ich dir auch hier«, erklärte er. »Aber jetzt trink erst mal einen Schluck.«

»Ich prügel dich grün und blau, du räudiger Verräter!«

Max drehte sich erschrocken um. Auch Andreas ließ vor Schreck den Becher fallen. Riesig und furchteinflößend stand sein Vater im Eingang. Mit energischen Schritten ging er auf seinen Sohn zu und verpasste ihm eine Ohrfeige. Andreas schlug gegen die Wand und ging zu Boden.

»Steh gefälligst auf, wenn ich mit dir rede!«, brüllte er und trat ihn mit dem Fuß.

»Lass ihn in Ruhe!«, schrie Max verzweifelt. Tränen liefen nun auch ihm über die Wangen. Tatenlos musste er mit ansehen, wie Andreas versuchte, aufzustehen. Sein Gesicht war schmerzverzerrt.

»Wir haben selbst kaum etwas zu essen und Kerzen sind teuer!« Adam packte Andreas am Hemdkragen und zog ihn zu sich hoch. »Wehe, du lässt sie frei, du Weichling! Ich schlag dich tot, da kannst du dir sicher sein!«

Nur Sekunden später war Max nicht mehr im Keller, sondern irgendwo in dem Städtchen Hohenstein. Alles sah anders aus. Max erkannte lediglich das Rathaus und die Kirche mit ihrem spitzen Kirchturm wieder, der inmitten der Häuser riesig wirkte. Nur die Hauptstraße war gepflastert, die Gässchen, die abzweigten, waren schlammig und voller Unrat. Die Häuser rechts und links bestanden wie die Räuberhütte aus Fachwerk, allerdings besaßen sie mehrere Stockwerke, waren reich verziert und farbig gefasst. Fasziniert blickte sich Max um. So hatte also die Stadt vor über dreihundert Jahren ausgesehen.

Doch schnell wich die Begeisterung der Sorge um Andreas. Wo konnte er nur sein? Max lief suchend die Straße entlang, direkt auf den Marktplatz zu. Unter den Arkaden des Rathauses verkauften Handwerker ihre Arbeiten. Etwas abseits und weniger geschützt standen die Bauern mit ihren Erträgen. Doch niemand schien sich für all die Waren zu interessieren. Die Männer, Frauen und Kinder standen in Grüppchen herum und unterhielten sich aufgeregt. Immer wieder wanderten ihre Blicke sorgenvoll zum Rathaus hinüber. Befand sich Andreas unter ihnen? Er musste doch der Grund sein, warum er hier war. Aber warum konnte er ihn dann nicht finden? Ratlos schweifte Max' Blick umher. Schließlich hielt er es vor Neugierde nicht mehr aus und trat an eine der Gruppen näher heran.

»Das arme Kind!«, jammerte eine alte Frau. »Wie kann man nur so etwas Schreckliches tun?«

Eine Mutter, die einen Säugling auf dem Arm trug, stimmte

ihr zu. »Wenn ich mir vorstelle, dass es einer meiner Töchter passiert wäre. Ich will gar nicht darüber nachdenken. Nein, das haben unser armer Herr Baron und seine Frau nicht verdient. Möge der Herr ihnen in der schweren Stunde beistehen!«

Ein Vater mischte sich nun ein. »Diese elenden Räuber! Niemand ist mehr sicher. Heute Nachmittag wollte ich meine beiden Jüngsten in den Wald schicken und Reisig fürs Herdfeuer sammeln lassen.« Bestürzt schüttelte er den Kopf. »Wenn sie meine beiden Kleinen geraubt hätten!«

»Und was hätten sie dann als Lösegeld verlangen sollen?«, fragte ein anderer Mann schnippisch. »Zwei Dutzend gedrechselte Holzschüsseln? Was soll man von dir schon holen?«

Noch ehe der Vater etwas erwidern konnte, war ein Läuten zu hören. Alle um Max herum verstummten. Ihre Blicke wanderten zum Rathaus, auf dessen Balkon sich nun ein Mann zeigte, der eine schwere Handglocke schwang. Nachdem er sich der Aufmerksamkeit aller sicher war, nahm er ein Stück Papier und las mit lauter und kräftiger Stimme vor.

»Liebe Bürgerinnen und Bürger Hohensteins! Der ehrwürdige Baron Christian August von Hohenstein lässt bekannt geben, dass heute in den Morgenstunden sein geliebtes Töchterlein Baroness Friederike von Hohenstein von gemeinen Räubern entführt wurde. Damit dem Mädchen nichts passiert und das geforderte Geld ungestört übergeben werden kann, ist es bis auf Weiteres verboten, den Wald im Umkreis von einer Tagesreise zu betreten. Ferner bittet er all seine Untertanen, für die Errettung seiner geliebten Tochter zu beten.

Hinweise, die zur Festnahme der Schuldigen führen, sollen reichlich belohnt werden.«

Kaum war der Bote fertig, ging ein aufgeregtes Gemurmel durch die Menge. Max, der Andreas immer noch nicht entdecken konnte, fragte sich, ob diese Ansprache nun der Grund für seinen Traum war, und wartete darauf, aufzuwachen. Doch nichts dergleichen geschah. Suchend streifte sein Blick durch die Menge, und da endlich entdeckte er Andreas und den Hund, der ihm nicht von der Seite wich.

Max lief zu ihm hinüber. »Da bist du ja!«, rief er ihm zu. Doch selbst wenn ihn Andreas hätte hören können, hätte er Max nicht wahrgenommen. Zu tief war er in Gedanken versunken.

»Ich hab keine andere Wahl. Ich kann doch nicht zulassen, dass Adam das Mädchen an irgendwelche Fremden verschachert. Dann wäre ich doch keinen Deut besser als Adam.«

Abrupt blieb Andreas vor einem stattlichen Haus stehen. Von außen war schon zu sehen, dass hier jemand wohnte, der wohlhabend war.

»Ich muss es einfach tun. Der Amtmann wird schon ein guter Mensch sein. Er ist der Einzige, der mir helfen kann. Er hat Soldaten, die für ihn Steuern eintreiben und für Sicherheit und Ordnung sorgen. Und mit der Belohnung könnte ich vielleicht mich und meine Brüder durchbringen.«

Andreas nahm den schweren Türklopfer in die Hand und schlug dreimal gegen die reich verzierte Tür. Dann trat er zurück und wartete.

Max hielt gespannt die Luft an. Was hatte Andreas vor? Wollte er tatsächlich seinen Vater verraten? Aber was geschah dann mit ihm und seinen Geschwistern?

Nach kurzer Zeit wurde die Tür geöffnet und ein Diener streckte seinen Kopf heraus.

»Was willst du? Wir geben nichts«, fuhr er den Jungen an, der in seiner schäbigen Kleidung und mit seinen ungewaschenen Haaren wie ein Bettler aussah.

»Ich muss den Herrn Amtmann sprechen, es ist dringend!«, bat Andreas eindringlich.

»Der ist mit wichtigen Dingen beschäftigt. Verschwinde!« Der Diener wollte schon die Tür zuschlagen, als Andreas mutig seinen nackten Fuß in den Rahmen stellte.

»Es ist wirklich wichtig! Es geht um die entführte Baroness!«

Jetzt horchte der Mann doch auf. Max sah ihm förmlich an, wie es in seinem Hirn zu arbeiten begann. Sollte nämlich der Junge wirklich etwas wissen, musste er umgehend seinen Herrn informieren, falls es aber nur eine dreiste Lüge war, würde er Ärger bekommen. »Na gut, warte kurz. Ich werde den Amtmann benachrichtigen.« Und schon verschwand er.

Andreas trat unruhig von einem Bein auf das andere. Auch in Max' Magen rumorte es vor Aufregung.

Beiden kam es wie eine Ewigkeit vor, bis der Diener endlich zurückkam und Andreas ins Haus bat. »Der Hund bleibt draußen!«, blaffte er ihn an, ehe er wieder nach drinnen verschwand.

Schüchtern folgte der Junge. Noch nie zuvor in seinem Leben war er in einem solchen Gebäude gewesen. Seine Augen wurden immer größer, als er die herrschaftliche Empfangshalle betrat, an deren Wänden zahlreiche Gemälde, goldene Leuchter und Spiegel hingen. Ein Pfiff rutschte ihm heraus, wofür er vom Diener einen Klaps auf den Hinterkopf erhielt.

»Nimm gefälligst deine Mütze ab, wenn du eintrittst. Mach deinen Diener und sprich nur, wenn du dazu aufgefordert wirst!«, mahnte der Mann, bevor er die Tür zur Amtsstube öffnete.

Andreas tat, wie ihm geheißen. Er verbeugte sich, so tief es nur ging.

»Nun komm schon herein!«

Der Befehl kam von einem stattlichen Herrn, der hinter einer Art Schreibtisch saß. Der Kleidung nach musste es der Amtmann sein. Er trug ein samtenes rotes Gewand mit aufgeplusterten Schultern und kurzen Ärmeln, unter denen ein Rüschenhemd zum Vorschein kam. Quer über dem gut genährten Oberkörper befand sich ein mit goldenen Fäden besticktes Band und um den Hals ein sehr breiter weißer Kragen aus feinster Spitze. Sein dunkles Haar trug der Amtmann der Mode entsprechend lang und lockig. Dazu passte der lange spitze Schnurbart, dessen Enden zusammengezwirbelt waren, und ein neckisches, ebenfalls spitzes Ziegenbärtchen. Was Max jedoch am meisten an die Musketierfilme erinnerte, die sein Vater gerne sah, war der große Hut mit der Straußenfeder.

»Ich habe keine Zeit für Dumme-Jungen-Streiche. Ich hoffe für dich, dass du mir wirklich Wichtiges zu sagen hast«, fuhr ihn der Mann streng an, ohne aufzusehen. Er war gerade damit beschäftigt, seine Unterschrift auf ein Blatt Papier zu setzen. Die Feder kratzte dabei über das Schriftstück.

Von dem ganzen Umfeld eingeschüchtert, brachte Andreas kein Wort heraus. Stattdessen knetete er nervös seine Mütze.

»Nun red schon!«, zischte ihm der Diener zu und gab ihm einen leichten Schubs.

»Verzeiht die Störung, verehrter Herr Amtmann!«, stammelte Andreas. »Es geht um die entführte Baroness.«

Der Herr steckte die Feder zurück ins Tintenfass, seinen Blick immer noch auf das Schriftstück gerichtet. »Und weiter!« Ungeduldig wedelte er mit der Hand.

»Ich weiß, wo die Baroness ist«, platzte es aus Andreas heraus.

Schlagartig änderte sich die Situation. Der Amtmann sah zum ersten Mal sein Gegenüber an und rümpfte angewidert die Nase.

Von diesem Moment an war er Max unsympathisch.

»Ich bin neu in der Stadt und habe dich bisher noch nicht gesehen. Wer bist du? Geht es dir um die Belohnung?«, fragte der Amtmann barsch.

»Nein, Herr. Ich habe eben erst davon gehört. Gebrauchen könnte ich das Geld aber schon.« Andreas blickte verschämt auf seine zerlumpten Kleider und nackten Füße. »Es ist nur wegen der Baroness.«

»Woher willst du wissen, wo das Mädchen ist?«, hakte der Amtmann nach.

Andreas ging nicht auf seine Frage ein. Stattdessen holte er tief Luft, ehe er sich traute, zu sagen, weswegen er hergekommen war. »Ich möchte Euch einen Handel unterbreiten. Ich verrate Euch das Versteck, und Ihr versprecht mir, die Räuber ungestraft davonkommen zu lassen.« Andreas zögerte kurz. »Und Ihr gebt mir die Belohnung.«

Der Amtmann lief rot an und brüllte: »Was erdreistest du dich?« Doch dann hielt er inne und dachte nach. »Lass uns allein!«, befahl er plötzlich seinem Diener und winkte Andreas zu sich.

»Du bist ein raffinierter Bursche.«

Andreas stand reglos da und verzog keine Miene. Der Amtmann studierte lange das Gesicht des Jungen, bevor er wieder das Wort ergriff.

»Ich lasse mich auf deinen Handel ein, aber du wirst dich entscheiden müssen. Entweder das Geld oder das Leben der Räuber.«

»Nimm die Belohnung!«, rief Max ihm zu.

»Dann will ich das Geld nicht«, entgegnete Andreas, ohne zu zögern.

Erstaunt zog der Amtmann die Augenbrauen hoch.

Auch Max war sprachlos. Warum verzichtete Andreas darauf? Wäre das Geld nicht die Lösung all seiner Probleme? Er wäre seinen Vater los und könnte sich und seine Brüder eine Zeit lang ernähren.

»Warum ist dir dieses Pack so wichtig?«, hakte der Amtmann skeptisch nach.

»An dem Geld würde Blut kleben, das Blut meines Vaters«, antwortete Andreas mit fester Stimme. »Das bringt nur Unglück.«

»Was sagt dir, dass ich dich nicht in den Kerker werfen und foltern lasse, bis du das Versteck verrätst?« Der Amtmann erinnerte Max plötzlich an eine Schlange. Am liebsten hätte er Andreas zugerufen: »Trau ihm nicht!«

Stattdessen antwortete Andreas: »Ich halte Euch für einen ehrbaren Mann.«

»Bist wohl ein Heiliger!« Der Amtmann sah ihn misstrauisch an. »Oder nur ein Scheinheiliger? Auf jeden Fall bist du nicht auf den Kopf gefallen. Ich nehme an, du hast dir sogar schon einen Plan zurechtgelegt. Lass ihn hören!«

»Erst wenn Ihr mir Euer Ehrenwort gebt, meine Leute laufen zu lassen.«

Max hielt erneut die Luft an. Würde der Amtmann darauf eingehen? Oder, was noch wichtiger war, konnte Andreas seinem Versprechen überhaupt Glauben schenken?

Der Amtmann dachte lange darüber nach, dann lächelte er. »Also gut, ich verspreche es dir.« Er reichte ihm die Hand und Andreas schlug ein.

»Sagt dem Schlossherrn, dass er auf die Lösegeldforderung nicht einzugehen braucht. Zum Zeitpunkt der Übergabe schickt ihr Soldaten zum Versteck der Räuber. Dort wird Friederike im Erdkeller hinter dem Haus gefangengehalten. Und sie wird bei der Übergabe nicht dabei sein. Mein Vater hat nämlich nicht vor, sie laufenzulassen. Er will sie an irgendwelche Fahrenden verschachern. Während also alle Räuber an der Wegkreuzung auf ihr Geld warten, haben Eure Soldaten genügend Zeit, das Mädchen zu befreien. Niemand wird so zu Schaden kommen. Der Baron behält sein Geld, Friederike kehrt unversehrt nach Hause zurück und die Räuber kommen noch mal ungeschoren davon.«

Der Amtmann bekam große Augen. »Ich muss schon sagen, dein Plan ist wohlüberlegt. Und er könnte tatsächlich funktionieren. Wo ist das Versteck? Beschreib mir den Weg dorthin und ich werde alles in die Wege leiten.«

»Eines müsst Ihr mir noch versprechen. Erwähnt mich bitte mit keinem Wort. Wenn mein Vater erfährt, dass ich ihn verraten habe, schlägt er mich tot.«

»Einverstanden. Und nun erzähl!«

In diesem Augenblick wachte Max auf. Sein Schlafanzug klebte nass geschwitzt an seinem Körper und ließ ihn frösteln. Er stand auf und holte ein frisches T-Shirt aus dem Schrank. Nachdenklich zog er sich um. Die Träume wurden von Mal zu Mal länger. War er am Anfang nur an einem Ort, wurden es in seinem dritten Traum schon zwei und nun bereits drei Orte. Aber nicht das allein beunruhigte ihn. Max spürte auch, wie vertraut ihm inzwischen die Traumwelt vorkam, als gehörte er dazu. Der Gedanke, irgendwann die Wirklichkeit von den Träumen nicht mehr unterscheiden zu können oder gar nicht mehr aufzuwachen, erschreckte ihn. War doch etwas an Fritzis Vermutung dran? Sollte er aus einem bestimmten Grund all das noch einmal erleben? War Andreas eine Art Geist? Und was war mit dem Hund? Wenn er vor über dreihundert Jahren gelebt hatte, warum konnte er ihn dann heute noch sehen? Aber andererseits sah nur er ihn. War der Hund also auch ein Geist? Max kroch wieder ins Bett und mummelte sich in die Decke ein. Ein Blick auf den Wecker verriet ihm, dass die Nacht noch lang war, zu lang.

Das Versteck der Räuber

Gleich nach der Schule, wo Max mehrere schmerzhafte Ellbogenstöße von Julian und seinen Freunden einstecken musste, hatten er und Fritzi ihre Räder nach Hause gebracht und waren zu Fuß in den Wald aufgebrochen. Als Fritzi von Max' neuestem Traum erfahren hatte, wollte sie nur noch eines, den Unterschlupf der Räuber finden. Sie war ganz versessen darauf. Vielleicht befand sich ja dort irgendwo das Lösegeld.

»Kennst du denn eine Hütte im Wald, auf die die Beschreibung passt?«, fragte Max.

Fritzi schüttelte den Kopf. »Nein. Vermutlich gibt es sie gar nicht mehr.«

»Und wo bitte schön sollen wir dann suchen? Der Wald ist riesig. Außerdem, wenn es die Hütte nicht mehr gibt, können wir sie auch nicht finden, selbst wenn wir wüssten, wo sie stand.« Max war es völlig rätselhaft, wie Fritzi das Versteck aufspüren wollte.

»Wir machen es wie die Archäologen. Du hast doch gesagt, dass das Fundament der Räuberhütte gemauert war. Steine können nicht verwittern. Vielleicht sind die Grundmauern ja im Gelände noch zu erkennen. Und außerdem halten wir nach einem Hang Ausschau, in den ein Keller gegraben sein könnte. Der könnte auf jeden Fall noch existieren.«

Max sah sie skeptisch an, was aber Fritzis Entdeckerlaune keinen Abbruch tat.

»Mein Vater hat mir mal erzählt, dass es im Wald vor sehr langer Zeit eine Glashütte gegeben haben soll. Es gibt nämlich ein Waldstück, das *Glasbühl* heißt. Vielleicht ist ja die Räuberhütte ursprünglich das Haus einer Glasmacherfamilie gewesen. Du hast selbst gesagt, die Hütte sah alt aus und war ziemlich runtergekommen. Und außerdem bedeutet *bühl* so viel wie Hügel.«

»Dann lass uns dort mit der Suche beginnen«, schlug Max vor.

»Ehrlich gesagt, weiß ich nur ungefähr, wo der *Glasbühl* ist«, gab Fritzi kleinlaut zu.

»Dann suchen wir eben ungefähr«, meinte Max nur.

Leider stellte sich sehr schnell heraus, dass eine ungefähre Suche wenig Erfolg hatte. Eine halbe Ewigkeit waren sie kreuz und quer durch den Wald geirrt, bis Max keine Lust mehr hatte.

»Ich mach dir jetzt einen Vorschlag: Wir gehen zum *Kalten Stein*. Schließlich hab ich auf dem Bild einen Weg gesehen, der von da direkt zur Räuberhütte geführt hat. Und wenn wir keinen Weg finden sollten, dann gehen wir nach Hause. Okay?«

»Meinetwegen«, gab Fritzi nach und stapfte voraus.

Max folgte ihr einfach. Er selbst hatte nämlich keine Ahnung, in welche Richtung sie mussten. In einer Großstadt würde er sich jederzeit zurechtfinden, aber im Wald sah ein Baum wie der andere aus. Sein Orientierungssinn hatte hier wie sein Handy keinerlei Empfang.

Während Max seiner Freundin hinterhertrottete, achtete er haargenau auf den Weg. Er war nämlich schon zweimal an einer überstehenden Wurzel hängengeblieben und gestolpert. »Pass doch auf, wo du hintrittst!«, hatte Fritzi jedes Mal gesagt. Und so hatte Max seine Augen auf den Waldboden gerichtet, als er direkt in sie hineinlief.

»Autsch!«, rief Fritzi verärgert. »Hast du keine Augen im Kopf? Wir sind da.«

Jetzt erst sah Max sich um. Vor ihm lag der Weg und der *Kalte Stein* und daneben saß … Max wich erschrocken zurück, strauchelte und fiel auf seinen Hintern.

»Was ist denn mit dir los?«, wunderte sich Fritzi. »Du bist ja schneeweiß im Gesicht.«

»Da!« Max zeigte Richtung Gedenkstein. »Siehst du ihn nicht?«

»Wen? Den Stein?«

»Nein, den Schwarzen Hund! Den Geisterhund!«, flüsterte Max.

Jetzt wich auch Fritzi ein paar Schritte zurück. »Du machst mir Angst, Maximilian Schwarz.«

»Kannst du ihn denn nicht sehen?« Max flehte seine Freundin fast an, doch diese schüttelte nur bedauernd den Kopf.

»Was tut er?«, fragte Fritzi beunruhigt.

»Er steht nur da und starrt uns an«, meinte Max.

»Starrt er uns böse oder freundlich an?«

»Keine Ahnung.«

Plötzlich bewegte sich der Hund, aber nicht auf die beiden zu, sondern von ihnen weg. Dann blieb er erneut stehen.

»Der Hund ist jetzt Richtung Unterholz gelaufen.«

»Ist er weg?«, fragte Fritzi.

»Nein. Er ist wieder stehengeblieben und schaut zu uns herüber.«

»Vielleicht will er, dass wir ihm folgen«, schlug Fritzi vor.

Max sah sie entsetzt an. »Spinnst du jetzt völlig? Was, wenn er uns auf direktem Weg in die Hölle führt?«

Jetzt sah Fritzi ihren Freund vorwurfsvoll an. »Sei nicht albern! Du hast selbst erzählt, dass der Hund Andreas' Freund war. Und du hast außerdem gesagt, dass er auf dem Gemälde auch neben dem Stein stand und dann in das Unterholz gelaufen ist. Und dann hast du plötzlich die Hütte gesehen. Vielleicht will er uns genau dorthin führen.«

»Aber da ist weit und breit kein Weg zu sehen, nicht der klitzekleinste!«, protestierte Max.

»Bestimmt ist er im Laufe der Jahrhunderte zugewachsen. Zeig doch mal auf den Hund!«, bat Fritzi und lief in die gezeigte Richtung.

»Warte!«, rief Max und stolperte hinterher. »Er geht jetzt weiter, direkt auf das Birkenwäldchen zu. Ich glaube, du hast recht.«

Irgendwann übernahm Max selbst die Führung. Äste und

Zweige schlugen ihm ins Gesicht, als er sich durch das Dickicht hindurchzwängte. Fritzi erging es nicht besser, auch sie fluchte mehrmals.

»Der Wald sollte dringend ausgeholzt werden!«, meckerte sie. »Typisch Bürgermeister! Zuerst muss er alles haben und dann kümmert er sich nicht darum. Ich frage mich, warum mein Vater den Wald überhaupt an ihn verkauft hat.«

Der Hund blieb plötzlich auf einer Lichtung stehen. Sie machte einen frisch gerodeten Eindruck. Einige Bäume waren gefällt und zur Seite gelegt worden.

»Was ist denn hier passiert?«, fragte Fritzi erstaunt und deutete auf die vielen Löcher, die scheinbar wahllos in den Boden gegraben worden waren. Weiter hinten war sogar eine sehr große Fläche freigelegt worden. »Hat hier jemand Archäologe gespielt?«

»Oder Schatzsucher. Vielleicht sind wir nicht die Einzigen, die hinter dem Lösegeld her sind. Ich vermute, dass hier der Räuberunterschlupf war. Der Hund ist auf jeden Fall nirgends mehr zu sehen.«

»Kommt dir irgendetwas bekannt vor?«, wollte Fritzi wissen, doch Max schüttelte nur den Kopf.

Stattdessen trat er an das größere Loch heran und sah hinein. »Sieh mal hier!«, rief er Fritzi zu. »Hier hat tatsächlich jemand etwas ausgegraben.« Er deutete auf eine freigelegte Grundmauer, die aus größeren Steinquadern bestand. Daneben waren Überreste vermoderter Holzdielen und der darunterliegende gestampfte Lehmboden zu sehen.

War das die Räuberhütte? Hatte er hier irgendwo auf dem Fußboden hinter dem Hackklotz gesessen und den Räuberhauptmann Adam belauscht? Max bekam eine Gänsehaut. Immer, wenn er an die Entführung von Friederike dachte, hatte er das Gefühl, dass es erst gestern passiert war, doch diese Überreste zeigten deutlich, dass das Ganze schon sehr lange zurücklag.

»Das hier muss das Innere der Hütte gewesen sein«, meinte Fritzi. »Irgendjemand gräbt hier. Aber wenn es offiziell wäre, hätte mein Vater das gewusst und davon erzählt. Das hier ist eine heimliche Ausgrabung. Ich frage mich nur, warum?«

»Vielleicht vermutet jemand, dass das Lösegeld in der Hütte versteckt wurde«, schlug Max vor. »Die Frage ist nicht, warum, sondern, wer buddelt hier klammheimlich vor sich hin?«

Doch ehe Fritzi antworten konnte, hallte ein lautes Knacken durch den Wald. Beide Kinder drehten sich erschrocken um, aber nirgends war etwas zu sehen.

»Das war bestimmt nur ein Reh«, meinte Fritzi und wandte sich wieder den Überresten der Hütte zu. »Glaubst du auch, dass die Räuber das Geld in ihrer Hütte versteckt haben?«

»Wenn sie es überhaupt erhalten haben. Laut Andreas' Plan sollte die Übergabe doch gar nicht stattfinden«, gab Max zu bedenken.

Doch Fritzi gab so schnell nicht auf. »Die Schriftquellen berichten aber von einer Geldübergabe. Und wenn die stimmen, muss das Geld hier irgendwo sein, nur wo?«

»Woher soll ich das wissen?«

»Wenn nicht du, wer sonst? Immerhin hast du die Räuber kennengelernt. Also denk nach!«

»Das Versteck kann überall sein. Vielleicht gibt es hier in der Nähe eine Höhle oder es war ein hohler Baum oder eine verborgene Nische im Erdkeller oder ...« Doch weiter kam Max nicht. Fritzi war offenbar mit seinem letzten Vorschlag zufrieden.

»Versetz dich doch mal in deinen Traum zurück und geh in Gedanken den Weg von der Hütte zum Erdkeller«, befahl Fritzi, und Max gehorchte.

Er schloss die Augen und rief sich noch einmal sämtliche Traumbilder in Erinnerung. Nach einer ganzen Weile glaubte er, den Weg zu kennen.

»Wir müssen da entlang!«, rief er aufgeregt.

Begeistert rannte Fritzi voraus. »Hier ist ein Hang! Vielleicht gibt es ja hier einen Keller!«

Im Gegensatz zu dem Platz der ehemaligen Hütte war hier nichts gerodet worden. Die Büsche wuchsen sehr dicht, und es kostete die beiden viel Mühe, sich hindurchzukämpfen. Als sie den alten Eingang endlich fanden, waren ihre Arme mit unzähligen Kratzern übersät.

Max hatte ihn als Erster entdeckt. Um besser sehen zu können, bog er die Äste einer jungen Birke zur Seite und deutete nach unten. »Hier sind Stufen zu erkennen und dort war mal eine Tür.«

Sie hatte schon längst dem Druck des Türsturzes nachgegeben und war zerbrochen. Morsch lag sie auf dem Boden.

Max stieg darüber hinweg und blieb stehen. Vor ihm führten steinerne Stufen in die Tiefe.

»Ich glaube, da kann man tatsächlich noch hineingehen!«, rief Max erstaunt.

»Lass mich mal sehen!« Fritzi schob ihn zur Seite und holte ihre Taschenlampe aus dem Rucksack. »Das ist richtig unheimlich! Stell dir vor, dass Friederike da unten gefangen gehalten wurde.«

Der Lichtstrahl wanderte über die blanken Felswände und die gemauerte Decke. Viele Ziegelsteine fehlten bereits und das darüberliegende Erdreich wurde nur noch von den Wurzeln gehalten.

»Lass uns mal hineingehen«, schlug Max vor und griff nach Fritzis Taschenlampe. Vorsichtig tastete er sich die Stufen hinunter. Es war merkwürdig zu wissen, dass er erst gestern Nacht in seinem Traum hier gewesen war. Oder war es schon 360 Jahre her? Egal, wie lange es her war, es war irgendwie gruselig. Unten angekommen, stellte er fest, dass der ganze Keller inzwischen in einem sehr schlechten Zustand war. Vor allem der hintere Bereich, in dem einst Friederike saß, musste schon vor längerer Zeit eingestürzt sein.

»Schau mal da!«, rief Max und deutete auf eine kleine Nische. »Wachsspuren! Meinst du, die sind noch von Friederikes Gefangenschaft?«

»Jetzt habe ich eine Gänsehaut und nicht, weil es hier drinnen so kalt ist«, erwiderte Fritzi.

Ein bedrückendes Gefühl beschlich auch Max. Als könnte

er die Angst des Mädchens nach so langer Zeit noch immer spüren. Was war damals passiert? Was lief mit Andreas' Plan schief?

»Leuchte doch mal hierher!«, sagte Fritzi und deutete in den hinteren Bereich des Kellers. »Irgendetwas hat da gerade aufgeblinkt.«

Max ließ den Lichtstrahl über den felsigen Boden wandern, fand aber nichts.

»Versuch es mal dahinten, wo der Schutt vom Kellereinsturz liegt«, bat Fritzi. Das Licht fiel auf Mörtelbrocken, Ziegelsteine, Erde und etwas Glänzendes.

Max bückte sich und hob es auf. Erde klebte daran.

»Mach doch mal den Dreck ab!«, befahl Fritzi ungeduldig.

Max' Hände zitterten vor Aufregung, als er den Schmutz entfernte.

»Das ist eine silberne Schnalle oder Spange«, rief Fritzi begeistert. »Was hat sie wohl zu bedeuten? Und woher stammt sie? Sie sieht alt aus.«

»Glaubst du, sie hat etwas mit der Entführung zu tun? Ich steck sie mal ein.« Dann leuchtete Max erneut den Schutt ab, fand aber nichts mehr. »Wir sollten mit einer Schaufel wiederkommen. Vielleicht ist das Lösegeld unter dem ganzen Erdreich versteckt.«

»Ja, vielleicht«, murmelte Fritzi. Nachdenklich starrte sie auf den eingestürzten Kellerbereich. »Ich will hier raus. Komm, lass uns gehen!«, sagte sie plötzlich. »Ich fühle mich hier nicht wohl.«

»Wie du willst«, meinte Max nur und ging mit ihr Richtung Treppe. »Wir können ja ein anderes Mal wiederkommen und uns genauer umschauen.«

»Das könnt ihr vergessen!«, hallte es plötzlich durch den Keller. Erschrocken sahen Max und Fritzi nach oben. Ein großer schwarzer Schatten versperrte den Eingang. Max musste sofort an Andreas denken, der hier in diesem Keller von seinem Vater erwischt und geschlagen worden war. Starr vor Angst stand er da und konnte sich nicht mehr rühren.

»Bist du das, Julian?«, fragte Fritzi. Sie klang verärgert. »Was soll der Mist! Du hast uns einen Riesenschrecken eingejagt.«

Sie ging die Treppe nach oben und zog Max mit sich.

Im Eingang stand tatsächlich der Sohn des Bürgermeisters und hinter ihm seine beiden Kumpels Olli und Marcel.

»He, Neuer! Ich habe dich gewarnt, meinen Wald nicht mehr zu betreten. Jetzt muss ich dir leider wehtun.« Julian grinste fies. »Schnapp dir unser Prinzesschen, Olli! Dann kann sie zusehen, was wir mit denen machen, die uns einfach nicht gehorchen wollen.«

Ehe Fritzi reagieren konnte, hatte Olli sie gepackt und ihr den Arm auf den Rücken gedreht. »Autsch! Du tust mir weh, du Neandertaler!«, rief Fritzi mit schmerzverzerrtem Gesicht. »Lass mich sofort los!«

»Dann hör auf, nach mir zu treten«, fauchte Olli und drehte den Arm noch höher.

Max musste tatenlos zusehen. Die beiden anderen hielten ihn in Schach.

»Übertreib es nicht, Olli!«, schnauzte Julian. »Das Prinzesschen schuldet mir nichts, im Gegensatz zu ihrem Freund.«

Julian und Marcel drängten Max die Stufen hinunter in den Keller, wo Marcel ihn festhielt und Julian ungestört auf ihn einschlagen und eintreten konnte. Max kam es vor wie eine Ewigkeit, bis sie endlich von ihm abließen.

»Fürs Erste hast du genug bezahlt«, lachte Julian. »Aber glaub ja nicht, dass das schon alles war. Ich werde demnächst wieder Kohle von dir verlangen und du solltest sie parat haben.« Er grinste fies. »Du weißt ja jetzt, was passiert, wenn man nicht zahlt. Und bleibt weg aus meinem Wald, verstanden? Oder soll ich euch wegen Hausfriedensbruch anzeigen?« Danach gab er seinen Schlägerkumpels ein Zeichen, sich zurückzuziehen.

»Ihr Vollidioten!«, rief Fritzi ihnen wütend hinterher, bevor sie die Treppen zu Max hinunterstürzte. »Bist du in Ordnung? Kannst du aufstehen?«

»Geht schon«, antwortete er, so tapfer es ging. »Hast du vielleicht ein Taschentuch?«

Fritzi zog eines aus der Hosentasche und wischte ihm das Blut von der Nase. »Ich fürchte, du wirst morgen ein blaues Auge haben. Und deine Lippe ist auch aufgeplatzt. Komm, ich helfe dir auf!«

Max kam das Ganze mehr als bekannt vor, nur war es diesmal nicht Andreas, der im Keller verprügelt wurde, sondern er selbst.

Der Bürgermeister

Als Max zu Hause ankam, war es bereits spät. Kaum hatte er die Haustür hinter sich geschlossen, rief seine Mutter aus der Küche.

»Das Abendessen ist fertig. Wasch schnell deine Hände und dann setz dich zu uns!«

»Mach ich«, rief Max zurück und eilte die Treppen hinauf ins Bad. Als er jedoch sein Spiegelbild sah, erschrak er.

So ein Mist, dachte er, da helfen weder Wasser und Seife noch der Abdeckstift meiner Mutter.

Er hatte gehofft, den Vorfall im Wald vor seinen Eltern verbergen zu können, aber so wie sein Gesicht aussah, war da nichts zu machen.

»Ich hab keinen Hunger!«, brüllte er hinunter, wobei wie auf Kommando sein Magen zu knurren begann. »Esst ruhig ohne mich! Ich bin müde und leg mich hin.«

Doch kaum hatte er die Lüge ausgesprochen, wusste er, dass es ein Fehler war. Hätte er einfach was von Hausaufgaben gesagt, wäre alles in Ordnung gewesen, aber keinen Hunger zu haben und um diese Uhrzeit müde zu sein, bedeutete in seinem Fall, er war krank.

Und tatsächlich hörte er auch schon seine Mutter die

Treppe hochkommen. Max wollte noch schnell in sein Zimmer schlüpfen, aber da stand sie schon vor ihm und versperrte den Ausgang aus dem Badezimmer. Als sie Max sah, schlug sie beide Hände vors Gesicht.

»Was um Himmels willen …?«

»Es sieht schlimmer aus, als es ist«, versuchte Max das Unglück kleinzureden, doch seiner Mutter konnte er so schnell nichts vormachen.

»Anton! Komm mal hoch!«, rief sie ihren Mann.

»Aber das Essen wird kalt, Schatz«, kam von unten nur als Antwort. Max spürte, dass seine Mutter kurz vor der Explosion stand.

»Beweg deinen Hintern hier hoch, Anton Schwarz!«, brüllte sie so laut, dass es vermutlich noch im Schloss drüben zu hören war.

Nur wenige Sekunden später sah sich Max beiden Eltern gegenüber, die auf eine Erklärung warteten.

»Wir hören!«, sagte seine Mutter streng. »Mit wem hast du dich schon wieder geprügelt und warum?«

Noch immer sagte Max kein Wort.

»Du hast zwei Möglichkeiten, mein Sohn. Entweder du erzählst uns jetzt die Wahrheit oder du hast einen Monat Hausarrest.« Ihr Blick war ernst, und Max wusste, dass sie ihre Drohung wahr machen würde.

»Ich war im Wald«, begann er zaghaft.

»Wenn ich in den Wald gehe, sehe ich hinterher nicht so aus«, fiel ihm seine Mutter schnippisch ins Wort.

»Lass ihn doch mal ausreden«, mischte sich nun sein Vater mutig ein. »Los, Junge! So schlimm wird es schon nicht sein.«

Max begann zu erzählen. Er fing mit Julian an, der ihn in der Pause erpresst hatte, dann berichtete er von dem aufgestochenen Fahrrad und schließlich von dem Überfall im Wald. Warum cr dort war, behielt Max für sich, und das konnten seine Eltern akzeptieren. Das Verhalten des Bürgermeistersohnes aber wollte seine Mutter nicht hinnehmen.

»Wir gehen auf der Stelle zu seinen Eltern. Nur weil er der Sohn des Bürgermeisters ist, glaubt er wohl, alles zu dürfen«, schimpfte sie. »Vielleicht kann er das ja mit den anderen Familien im Ort machen, aber nicht mit uns.«

Sie schnappte sich die Autoschlüssel und ihre Jacke. »Komm schon, Max! Wir fahren.«

»Wohin?«, fragte Max entsetzt, denn er ahnte bereits die Antwort.

»Zum Bürgermeister«, sagte seine Mutter nur und schritt kampfbereit davon.

»Das kannst du nicht machen. Dadurch wird alles nur schlimmer«, protestierte Max.

Seine Mutter blieb stehen und sah ihn ernst an. »Niemand, wirklich niemand, hat das Recht dazu, einen anderen Menschen so zu behandeln. Dagegen muss man sich wehren. Man muss, hörst du! Wenn du dir das gefallen lässt, wird es nur schlimmer. Und du trägst eine Mitschuld, wenn er auf den nächsten Schwächeren losgeht.«

»Aber warum sollte uns der Bürgermeister überhaupt um diese Uhrzeit anhören?«

»Weil am Wochenende Bürgermeisterwahl ist. Wenn er wiedergewählt werden möchte, sollte er sich für das Benehmen seines Sohnes entschuldigen.«

»Wir wissen doch gar nicht, wo er wohnt«, versuchte es Max zum letzten Mal, aber auch jetzt wieder ohne Erfolg.

»Mein Schatz, du vergisst, dass ich Journalistin bin. Ich weiß alles. Ich verbringe die Vormittage in der Gemeindebücherei. Ich weiß sogar, wer ihm seine Hemden bügelt.« Sie zwinkerte ihm verschmitzt zu und Max sah das morgendliche Kaffeekränzchen vor sich. Er ergab sich seinem Schicksal und stieg ins Auto.

Der Bürgermeister wohnte am Stadtrand in einem Neubauviertel. Das Grundstück war riesig und das Wohnhaus eine moderne Villa. Max' Mutter stellte das Auto an der Straße ab und ging mit ihrem Sohn die Auffahrt hinauf. Sofort sprangen Bewegungsmelder an, und der Weg und die Haustür wurden beleuchtet, obwohl es jetzt, im Sommer, noch taghell war.

»Solarzellen! Fluch und Segen zugleich«, murrte seine Mutter und deutete auf einen Fußweg, der zu einem Pavillon führte. »Überall sind diese hässlichen Solarleuchten in albernen Formen wie Steine und Fackeln. Die reinsten Landebahnen für nächtliche Insekten! Ich möchte nicht wissen, wie es hier zu Weihnachten aussieht.«

Sie drückte energisch auf die Türklingel und wartete. Dabei beklagte sie sich weiter über den schlechten Geschmack der Bürgermeisterfamilie.

Es dauerte etwas, bis jemand öffnete. Ein Mann, etwas älter als Max' Vater, sah die Besucher fragend an.

»Verzeihen Sie unseren späten Besuch«, begann seine Mutter zu erklären. »Ich bin Britta Schwarz und das ist mein Sohn Maximilian. Er geht mit Ihrem Sohn Julian in eine Klasse. Wir sind erst vor ein paar Tagen in den Ort gezogen und müssten Sie in einer dringenden Angelegenheit sprechen. Sie sind doch der Bürgermeister, oder?« Sie lächelte freundlich.

»Sie sind genau an der richtigen Adresse, Frau Schwarz. Kommen Sie doch herein und sagen Sie mir, wie ich Ihnen helfen kann.«

Die Worte des Bürgermeisters waren zwar freundlich, kamen aber nicht von Herzen. Max' Mutter hatte recht, der Mann war im Wahlkampf.

»Kann ich Ihnen etwas zu trinken anbieten?«, fragte der Bürgermeister und führte seinen Besuch in das Arbeitszimmer.

Während seine Mutter dankend ablehnte, sah sich Max um. Entlang der Wände befanden sich Bücherregale und Schränke, in der Mitte stand ein großer Arbeitstisch und in der Ecke war eine modern eingerichtete Sitzecke. Doch sein Blick blieb an etwas anderem hängen. Mit weit aufgerissenen Augen stand er da und starrte auf ein übergroßes Gemälde. Ein älterer Mann, in der Mode des 17. Jahrhunderts gekleidet, stand in voller Größe mit stolzgeschwellter Brust neben seinem treuen Pferd.

»Ich sehe, du hast meinen Ururgroßvater entdeckt«, sagte der Bürgermeister stolz. »Er war der Amtmann von Hohenstein in den Jahren 1649 bis 1671. Der Begründer unserer Dynastie sozusagen. Das Gemälde ließ er kurz nach seiner Amtseinführung anfertigen.«

Max hatte den Amtmann sofort wiedererkannt.

»Wir stammen von einer alteingesessenen und überaus angesehenen Familie ab und darauf sind wir sehr stolz. Seit Johann Georgius Dauber«, der Gastherr deutete auf den Amtmann, »hat sich jede Generation um die Stadt verdient gemacht. Ihm wurde sogar für seine heldenhaften Taten bei der Rettung einer entführten Baroness der Adelstitel verliehen. Seitdem dürfen wir uns *von Dauber* nennen. Ich bin mir sicher, dass mein Sohn diese Tradition fortsetzen wird.« Die Aufgeblasenheit des Bürgermeisters war kaum zu ertragen.

Umso mehr schien Max' Mutter den folgenden Seitenhieb zu genießen.

»Wegen Ihres Sohnes sind wir übrigens hier. Nach allem, was ich von ihm gehört habe, zeichnet sich wohl eine andere Laufbahn ab.«

Der Bürgermeister sah sie verdutzt an. »Wie darf ich das verstehen?«

Auf das Stichwort berichtete Max' Mutter von den Missetaten Julians, ohne ein Blatt vor den Mund zu nehmen.

Bei der Erwähnung des Waldes fiel er ihr prompt ins Wort. »Sagten Sie, Ihr Sohn war im Wald? Wo denn genau?«

»In der Nähe des *Kalten Steins*«, antwortete Max wahrheitsgemäß und stellte überrascht fest, dass der Bürgermeister plötzlich nervös wirkte.

»Was hattest du dort zu suchen?«, keifte er plötzlich.

Ehe Max antworten konnte, ergriff seine Mutter wieder das Wort. »Das tut hier überhaupt nichts zur Sache. Ihr Sohn ist derjenige, den Sie zur Rede stellen sollten. Nämlich warum er meinen Sohn verprügelt hat.«

»Das ist eine bodenlose Lüge!«, prustete der Bürgermeister. »Julian tut so etwas nicht.«

»Ach ja? Sehen Sie sich meinen Sohn an. Wollen Sie allen Ernstes behaupten, dass wir uns das ausgedacht haben?«

»Wer weiß, mit wem er sich mal wieder geprügelt hat. Und jetzt will er es meinem Sohn in die Schuhe schieben. Auf den hat er es doch sowieso abgesehen. Es war doch Ihr Bengel, der meinem Sohn grundlos ein blaues Auge verpasst hat. Kein Wort würde ich ihm glauben. Julian ist auf jeden Fall sofort nach der Schule nach Hause gekommen.« Das Gesicht des Bürgermeisters war inzwischen rot angelaufen. »Im Übrigen gehört das Waldstück am *Kalten Stein* uns. Halten Sie sich und Ihre Sippschaft in Zukunft davon fern! Und jetzt entschuldigen Sie mich, ich habe Wichtigeres zu tun, als mir verleumderische Anschuldigungen einer hysterischen Hausfrau anzuhören. Sollten Sie dieses Gerücht verbreiten, werde ich Sie wegen übler Nachrede anzeigen.«

Max' Mutter schnappte empört nach Luft. »Im Wald gilt immer noch das althergebrachte Wegerecht. Sie können uns den Zutritt gar nicht verwehren. Und die Beleidigungen und Drohungen gegen mich werden Sie noch bereuen. Sie reden nämlich nicht mit einer *hysterischen Hausfrau*, sondern mit einer Journalistin, die gerne im Dreck anderer Leute herumstochert.« Sie machte auf dem Absatz kehrt und schritt Richtung Ausgang. »Komm, wir gehen!«

Peng!, dachte Max. Der Hieb hatte gesessen. Das Gesicht des Bürgermeisters drückte Wut und Panik zugleich aus. Seine Mutter hatte einen Sieg auf ganzer Linie davongetragen.

Als Max die Haustür hinter sich schloss, sah er Julian. Er stand oben auf der Treppe. Seine giftigen Blicke schienen Max zu durchbohren. Anscheinend hatte er das ganze Gespräch belauscht. Mit zusammengekniffenen Augen deutete er auf Max, ballte die Hand zu einer Faust und zeigte mit seinem Daumen nach unten. Julian würde ihm von nun an in der Schule die Hölle auf Erden bereiten.

Auf dem Heimweg im Auto schimpfte seine Mutter unentwegt vor sich hin. Sie war entrüstet, dass überhaupt jemand einen so eingebildeten Fatzke wählte. Max dagegen hing seinen eigenen Gedanken nach. Warum hatte der Bürgermeister so merkwürdig reagiert, als der Wald erwähnt wurde? Bis zu diesem Stichwort hatte er sich die Klage seiner Mutter mit absolut hochmütiger Miene angehört, dann aber wirkte er verunsichert. Außerdem beschäftigte Max das Gemälde. Irgendetwas Wichtiges hatte er gesehen, nur was?

Als Max an diesem Abend im Bett lag, tat ihm alles weh. Er spürte jeden Tritt, den er im Keller hatte einstecken müssen. Seine Wut auf Julian stieg mit jeder schmerzhaften Bewegung. Diese miese Kröte! Der Teufel sollte ihn holen! So konnte das nicht weitergehen. Er musste Julian auf Abstand halten. Leider hatte der Auftritt seiner Mutter heute Abend nicht gerade zu einem harmonischeren Verhältnis beigetragen. Wenn er nur größer und stärker wäre als dieser Julian oder seine Freunde aus Hamburg hier wären, dann würde er es ihm heimzahlen. Die Vorstellung gefiel Max und er schlief schmunzelnd ein.

Der fünfte Traum

Erneut befand sich Max in dem Städtchen Hohenstein. Andreas saß am Brunnen auf dem Marktplatz und beobachtete aus der Ferne das Anwesen des Amtmanns. Sein Hund war wie immer bei ihm. Und wie immer redete Andreas mit ihm wie mit einem Freund.

»Hast du gehört, was die Leute sich erzählen? Der Amtmann hat sich bereit erklärt, persönlich die Geldübergabe durchzuführen. Aber warum bloß? Es soll doch gar keine Übergabe stattfinden. Hat er dem Baron denn nicht erzählt, dass er seine Tochter auch ohne Lösegeld zurückbekommt? Ich verstehe das nicht.«

Andreas stand auf und ging zum Haus des Amtmanns hinüber. Nachdem er geklopft hatte, öffnete derselbe Diener wie am gestrigen Tag.

»Ich habe die Anweisung, dich Lügner nicht mehr einzulassen. Verschwinde!«, polterte er und schlug dem Jungen die Tür vor der Nase zu.

»He! Was soll das? Ich muss den Amtmann sprechen!«, rief Andreas verzweifelt, doch niemand öffnete mehr.

Was war hier los?, fragte sich Max überrascht. Irgendetwas stimmt da nicht.

Nur wenige Minuten später wurde die Sache noch merkwürdiger. Ohne seine Soldaten mitzunehmen, bestieg der Amtmann sein Pferd und ritt davon. Wollte er das Mädchen alleine befreien?

Andreas rannte, so schnell er konnte, dem Reiter hinterher. Er war flink wie ein Wiesel, im Gegensatz zu Max. Noch ehe sie aus dem Ort draußen waren, hatte Andreas ihn abgehängt. Völlig außer Puste und mit höllischem Seitenstechen blieb Max am Stadttor stehen und blickte dem Jungen und seinem Hund hinterher. Von dem Reiter war nur noch eine Staubwolke zu sehen.

Dann befand sich Max plötzlich mitten in einem Getreidefeld unter einer uralten Buche, deren dichtes Blätterdach die Sonnenstrahlen abschirmte. Hinter dem mächtigen Baumstamm stand Andreas und beobachtete etwas. Bei ihm war sein Hund.

Max' Blick folgte dem des Jungen. Vor ihnen lag das Schloss, aber nicht wie heute mit moderner Zufahrt und Parkplatz davor, sondern mit tiefem Graben und Zugbrücke, die soeben heruntergelassen wurde. Der Amtmann trat heraus und führte sein Pferd an den Zügeln. Ein anderer fein gekleideter Mann begleitete ihn.

»Ich werde für Euch beten, Dauber! Bringt mir meine Tochter heil wieder und ich werde Euch reichlich belohnen.«

Dann stieg der Amtmann auf sein Pferd. »Um Euer Geld geht es mir nicht. Allein das Wohlergehen Eurer Tochter ist mir wichtig, Baron Hohenstein. Ihr könnt auf mich zählen. Ich werde wie besprochen alles in meiner Macht Stehende tun, um die Baroness wohlbehalten nach Hause zu bringen.«

Mit diesen edlen Worten gab er seinem Pferd die Sporen und ritt davon.

Sofort sprang Andreas auf und folgte ihm erneut flink und lautlos, wobei er in der Deckung der hoch gewachsenen Getreidehalme blieb und niemals den Weg benutzte. Max hatte diesmal noch mehr Mühe, mitzuhalten, vor allem im Wald, wo immer wieder umgestürzte Bäume den Weg durchs Unterholz versperrten. Als er schon aufgeben wollte, blieb der Amtmann plötzlich stehen und sah sich um. Blitzschnell ging Andreas hinter einem Baum in Deckung.

Was hatte der Amtmann vor? Gespannt beobachtete Max, wie der Reiter vom Pferd stieg und einen Beutel voller Münzen aus der Satteltasche holte. Dann ging er auf einen Steinhaufen zu, räumte ein paar größere Steine auf die Seite, legte den Beutel hinein und die Steine wieder darüber. Nichts deutete darauf hin, dass darunter Geld verborgen war.

Warum versteckt er das Geld?, wunderte sich Max. Doch was nun folgte, ließ ihn noch mehr stutzen.

Der Amtmann zerriss zuerst sein kostbares Hemd, dann rieb er sich mit Erde ein. Als er mit dem Ergebnis zufrieden war, zog er seinen Dolch und schnitt sich in die Hand. Das Blut verteilte er ebenfalls im Gesicht und an den Armen. Zuletzt raufte er sich die Haare. Aus dem Amtmann war ein geschundener und verletzter Mann geworden.

Doch das Theater war noch nicht beendet, denn nun gab der Amtmann seinem Pferd einen kräftigen Klaps auf das Hinterteil, dass es wiehernd davonjagte. Dann bückte er sich erneut, hob einen kräftigen Ast auf und humpelte Richtung Stadt.

Schon von Weitem rief der Amtmann die Stadtwachen.

»Helft mir! So helft doch!« Als wäre er völlig entkräftet, blieb er immer wieder in gebückter Haltung stehen, dann schleppte er sich theatralisch weiter. Das Schauspiel war oscarreif.

Die Wachen liefen sofort bestürzt zu ihm. Auch die Bewohner Hohensteins hatten die Aufführung mitbekommen. Dafür hatte der Amtmann schon gesorgt und laut genug gerufen. Binnen weniger Sekunden war er von einer neugierigen Menschenmenge umringt.

Andreas drängelte sich durch das Publikum, um zu verstehen, was hier vor sich ging. Max blieb dicht hinter ihm.

»Die Räuber!«, klagte Dauber. »Sie haben mich überfallen, aber das Mädchen nicht herausgegeben.«

Die Menge reagierte bestürzt.

»Sie haben mich brutal niedergeschlagen. Ich habe mich ohnmächtig gestellt und so ließen sie von mir ab. Danach bin ich ihnen heimlich gefolgt. Ich kenne jetzt ihr Versteck.«

Wieder ging ein Raunen durch die Menge.

»Wachen, bringt mir ein Pferd und meine Männer! Wir dürfen keine Zeit verlieren«, rief er und erntete dafür einen Jubel, der nur Helden zuteilwurde. Denn trotz seiner scheinbar schweren Verletzungen war er bereit, erneut in den Kampf zu ziehen.

Aber da rief Andreas, so laut er konnte: »Ihr seid ein Lügner!« Sein Gesicht war rot angelaufen und seine Hände zu Fäusten geballt. Die Blicke waren alle auf ihn gerichtet, doch sofort packten ihn zwei Wachen und brachten ihn kurzerhand weg. Die Aufmerksamkeit der Menge lag nun wieder auf ihrem neuen Helden.

Andreas aber liefen die Tränen über das Gesicht.

»Ihr seid ein Schwein, hört Ihr! Ein mieses Dreckschwein!«, brüllte Max. »Er hat das Geld, nicht die Räuber! Glaubt ihm kein Wort!«

Doch niemand konnte ihn hören. Max lief zu Andreas, der mit tränennassem Gesicht dastand und das Ganze nicht fassen konnte. Der Amtmann hatte ihn hereingelegt. Er war schlimmer als sein Vater. Sein Hund kam zu ihm und leckte ihm tröstend die Hand.

»Wir müssen zum Versteck!«, sagte Andreas. »Wir müssen Friederike befreien. Wer weiß, was Vater mit ihr macht, wenn er merkt, dass er hereingelegt wurde.« Er drehte sich um und rannte wieder in den Wald zurück. Sein Hund und Max folgten ihm.

Wieder war Max plötzlich woanders. Vor ihm lag die Hütte. Andreas hatte es knapp vor seinem Vater ins Versteck geschafft. Friederike befreien konnte er aber nicht mehr. Der Räuberhauptmann und seine Leute kamen soeben wütend vom *Kalten Stein*. Die Übergabe hatte nicht stattgefunden.

»Schaff mir das Mädchen her!«, brüllte Adam seinem Sohn zu. »Es wird Zeit, sie loszuwerden!« Die Laune des Mannes war mehr als schlecht.

War es tatsächlich so geschehen?, fragte sich Max. War der Amtmann schuld am spurlosen Verschwinden Friederikes? Hatte er sich nicht an Andreas' Plan gehalten, weil die Geldgier stärker war als sein Gewissen? Hatte Räuberhauptmann Adam Schwarz, sein eigener Vorfahr, es doch noch rechtzeitig geschafft, das Mädchen wegzubringen und an fremde Reisende zu verkaufen wie eine x-beliebige Ware?

»Du musst sie laufen lassen, Andreas! Friederike wird sonst für immer verschwinden. Das kannst du nicht zulassen.«

Noch auf dem Weg zum Keller brach das Chaos über alle herein. Der Amtmann und seine Wachen kamen im Galopp angeritten und drängten die Räuber vom Pferd aus in die Enge. Schüsse fielen. Einige leisteten Widerstand, doch die Soldaten waren in der Überzahl. Und so dauerte es nicht lange, bis sie die Räuber überwältigt hatten. Max sah, wie Adam gefesselt wurde. »Ich muss zu meinen Brüdern!«, rief Andreas, der den Kampf bestürzt beobachtet hatte. Er rannte schon los, hielt aber inne, als er sah, wie sie ebenfalls von Soldaten ergriffen und wild um sich schlagend aus dem Haus getragen wurden. Für sie konnte er nichts mehr tun. Dann fiel sein Blick auf den Amtmann. Er hatte sich während der Gefangennahme im Hintergrund gehalten. Nun aber, als seine Leute alles unter Kontrolle hatten, kam er näher und stieg vom Pferd.

»Seht noch mal in der Hütte und im Stall nach!«, befahl er seinen Männern. »Irgendwo muss das Mädchen gefangengehalten werden. Ich sehe mich hinter dem Haus nach einem Versteck um.«

So schnell Andreas konnte, rannte er zum Kellerzugang, schob den Riegel zur Seite und hastete die Treppen hinunter.

»Beeil dich!«, rief Max verzweifelt. »Du kannst Dauber nicht trauen. Rette Friederike! Mach schneller!«, schrie er Andreas zu, der versuchte, Friederikes Fesseln zu lösen. »Er kommt!« Max' Herz raste. Wenn er doch nur helfen könnte! Warum musste er das alles miterleben, wenn er doch nichts unternehmen konnte?

»Was soll das! Nimm deine dreckigen Finger von ihr weg!«, brüllte plötzlich der Amtmann. Er war inzwischen bei Andreas im Keller angekommen. »Ihr müsst jetzt keine Angst mehr haben, Baroness. Ich bin hier, um Euch zu befreien.«

Andreas drehte sich mit wutverzerrtem Gesicht zu ihm um. »Ihr wollt sie befreien? Ihr seid doch ein genauso übler Verbrecher wie mein Vater! Ich habe gesehen, wie Ihr das Lösegeld im Wald versteckt habt. Ihr habt nicht nur mich, sondern auch den Baron betrogen. Euch ist dieses Mädchen doch egal. Alles, was für Euch zählt, ist das Geld.« Andreas spuckte verächtlich auf den Boden. »Zu allem Übel lasst Ihr Euch noch als Held feiern, als edler Retter der Baroness, der selbstlos sein eigenes Leben riskiert hat.« Andreas' ganzer Zorn brach aus ihm heraus.

»Ist das wahr, was der Junge sagt?«, fragte Friederike verwirrt.

Max sah, wie sich die Miene des Amtmanns immer mehr zu einer Fratze verzog.

»Glaub ihm kein Wort«, rief Andreas. »Dauber wusste, wo du gefangen gehalten wirst. Ich selbst habe es ihm gestern anvertraut. Er hat mir versprochen, zu deinem Vater zu gehen, die Lösegeldübergabe abzusagen und dich zu befreien, während die Räuber am *Kalten Stein* auf das Geld warten. Doch stattdessen hat er sich das Geld unter den Nagel gerissen. Er ist ein widerlicher Betrüger.«

»Du hast soeben einen entscheidenden Fehler gemacht, mein Junge«, erklärte der Amtmann ernst. »Wie kann ich nun das Mädchen mit diesem Wissen nach Hause gehen lassen?«

Mit schreckgeweiteten Augen sah Max, wie der Amtmann seinen Dolch zog.

»Lasst mich bitte gehen! Ich werde meinem Vater auch nichts erzählen. Ich kann schweigen wie ein Grab«, bettelte das Mädchen. Friederikes Blick war voller Angst, das Gesicht tränennass.

Was das Mädchen sofort begriffen hatte, wurde Max erst jetzt bewusst. Indem Andreas den Amtmann des Verbrechens beschuldigt hatte, wurde gleichzeitig Friederikes Schicksal besiegelt. Max sah zu Andreas hinüber und in diesem Augenblick erkannte er, dass auch er es wusste. Andreas war schuld, dass

Friederike nicht freigelassen wurde. Nur wegen ihm wurde sie zur Mitwisserin und somit zur Gefahr für den Amtmann.

»Binde ihr das um den Mund!«, befahl Dauber dem Jungen und hielt ihm ein Tuch hin.

Andreas rührte sich nicht.

»Wie du willst. Dann werde ich eben den Wachen den Befehl erteilen, deine Brüder zu töten.« Er wartete kurz, dann grinste er, als Andreas sich zu Friederike hinabkniete.

»Es tut mir leid!«, flüsterte Andreas. Danach ließ er sich vom Amtmann fesseln und hinausführen.

»Nur ein Wort über Friederike und ich bring dich und deine Brüder um. Ist das klar?«

Andreas nickte. Kein Wort kam ihm über die Lippen, als er zusammen mit den anderen Räubern und seinen Brüdern abgeführt wurde. Mit zusammengebissenen Zähnen hörte er die Worte des Amtmanns.

»Im Keller war niemand außer diesem Bengel.«

»Glaubt ihm kein Wort!«, schrie Max aus Leibeskräften. »Das Mädchen ist im Keller. Schaut doch selbst nach!« Doch keiner hatte einen Grund, die Aussage des Amtmanns anzuzweifeln, und Max existierte einfach nicht.

Voller Hass richtete er seinen Blick auf den Mann, dem Andreas sein ganzes Vertrauen geschenkt hatte. Eitel und selbstgefällig stand der Amtmann da, und Max wusste, dass dieser das Spiel gewonnen hatte. Wie hatte sein Nachfahre so schön gesagt? Johann Georgius Dauber wurde wegen seines selbstlosen Einsatzes für eine entführte Baroness sogar in den Adelsstand erhoben. Und reich wurde er außerdem, dachte Max zähneknirschend. Als wäre er nicht schon wohlhabend genug. Man brauchte doch nur seine teure Kleidung anzuschauen, auch wenn sie nun beschmutzt und zerrissen war. Max' Blick wanderte vom ramponierten Hut mit der teuren und jetzt geknickten Straußenfeder hinab zu den eleganten Schuhen. Und da sah er sie, dic silbernen Schnallen. Und plötzlich wusste er, was er auf dem Gemälde im Haus des Bürgermeisters gesehen hatte. Es waren die Schnallen. Und genau so eine hatten Fritzi und er im Keller gefunden.

Als Max erwachte, war ihm zum Heulen zumute. Es war schrecklich, dabei sein zu müssen und doch nichts ändern zu können. Max empfand tiefes Mitleid mit Andreas, der nur helfen wollte und sich nun die Schuld an Friederikes Schicksal gab. Er verabscheute die Räuber und den Amtmann, dessen Habgier selbst vor Kindern nicht haltmachte. Und er trauerte um Friederike von Hohenstein, die verloren in der dunklen Ecke des Kellers kauerte. Was war mit ihr geschehen? Hatte sie denn niemand aus dem Keller befreit? Hatte der Amtmann Friederike gar umgebracht oder sie selbst an fahrende Händler verschachert? Am liebsten wäre Max losgestürmt in den Wald, um sie aus ihrem Verlies herauszuholen. Doch dafür war es über 360 Jahre zu spät.

Alles Erlebte war so echt, so wirklich, als wäre es eben erst passiert. Max musste sich selbst immer wieder sagen, dass all das schon vor sehr langer Zeit geschehen war und er nichts, aber auch rein gar nichts daran ändern konnte. Aber warum träumte er dann immer wieder diesen Traum?

Außerdem wurmte es ihn, dass es kein Lösegeld zu finden gab. Zwar wollte er nicht mehr so dringend wieder zurück nach Hamburg, aber reich zu sein, wäre toll gewesen.

Max zog die Schublade seines Nachtkästchens heraus und griff hinein. Sauber geputzt und glänzend lag die Schnalle in seiner Hand. Hatte er sie aus einem bestimmten Grund gefunden?

Was nun?

Auf dem Weg zur Schule schilderte Max seiner Freundin den jüngsten Traum bis ins kleinste Detail. Fritzis Wangen glühten förmlich, als er von den Ereignissen im Keller berichtete.

»Wahnsinn! Die Bosheit Julians ist also erblich bedingt. Sie wurde von Generation zu Generation weitergegeben, so wie in unserer Familie das Schloss«, stellte sie fest. »Womöglich kann er gar nichts dafür, dass er so fies ist.«

»Jetzt übertreib mal nicht! Schließlich hat er ganz alleine gestern Nachmittag zugeschlagen und nicht sein Vorfahr. Mein rechtes Auge ist immer noch blau und meine Lippe geschwollen.« Max deutete auf sein Gesicht.

»Du hast recht. Julian ist ein mieser Kleinkrimineller und sein Vater ein mieser Großkrimineller«, stellte sie fest.

»Warum sein Vater? Nur weil er ein selbstverliebter, machtgieriger Vollidiot ist, macht ihn das nicht automatisch zu einem Verbrecher«, widersprach Max.

»Vielleicht nicht. Er sollte aber trotzdem nicht wiedergewählt werden. Ich kann ihn nicht ausstehen. Hat er dir nicht verboten, in den Wald am *Kalten Stein* zu gehen? Ich frage mich, warum? Und warum hat er mit meinem Vater ein unbebautes Grundstück am Stadtrand gegen das Waldstück getauscht, wenn er es nicht nutzt? Ich hab mit meinem Paps darüber geredet, und er hat gesagt, dass das Holz im Wald verrottet und niemand er herausholt. Zurzeit bekäme man auf dem Holzmarkt einen sehr guten Preis dafür. Er selbst hat dem Tausch nur zugestimmt, weil er eine Erschließung des Stadtrands an dieser Stelle verhindern wollte. Das verwilderte Areal ist nämlich die Brutstätte für viele Vögel. Also, was will er mit dem Wald, wenn er das Holz nicht verkauft?«

»Na und«, meinte Max nur. »Wenn der Bürgermeister das Geld nicht braucht …«

Doch Fritzi fiel ihm sofort ins Wort. »Blödsinn! Es gibt Gerüchte, dass die Firma seiner Frau kurz vor dem Bankrott steht. Er braucht also dringend Geld.« Sie machte eine bedeutungsschwere Pause. »Erinnerst du dich an die gegrabenen Löcher und die freigelegte Grundmauer im Wald?«

Max nickte. »Worauf willst du hinaus?«

»Was, wenn der Bürgermeister nach dem Lösegeld sucht? Wenn er in großen finanziellen Problemen steckt, wären die alten Münzen seine Rettung.«

»Wer sagt, dass Julian und sein Vater die Ausgräber sind?«, hakte Max skeptisch nach. »Außerdem hat doch der Amtmann das Lösegeld an sich genommen.«

»Aber das weiß der Bürgermeister vielleicht nicht. Denk doch mal nach! Julian hat uns von Anfang an aus dem Wald fernhalten wollen. Er hat uns im Keller belauscht und gehört, dass wir das Lösegeld suchen. Dann bekam er Angst, dass wir es vor ihm finden. Wetten?« Fritzi sah Max herausfordernd an.

»Und woher soll der Bürgermeister von dem Räuberversteck wissen?«

»Keine Ahnung. Hab ich schon gesagt, dass ich den Bürgermeister nicht leiden kann? Ich bin dafür, dass wir zu ihm gehen und ihn mit seiner verbrecherischen Sippschaft konfrontieren. Oder noch besser, wir gehen gleich zur Zeitung und erzählen denen die ganze Geschichte. Wenn sie die dann abdrucken, wählt vielleicht am Sonntag niemand mehr den Dauber. Wer will schon einen aus einer Betrügerfamilie als Bürgermeister?«

»Spinnst du!«, rief Max empört. »Der Typ ist im Wahlkampf und versteht zurzeit keinerlei Spaß. Außerdem kannst du das Ganze sowieso nicht beweisen.«

Fritzi blieb stur. »Wir haben doch die Spange. Du hast selbst gesagt, dass der Amtmann auf dem Bild genau so eine trägt.«

»Aber ich habe in meinem Traum auch gesehen, dass ihm keine gefehlt hat. Wer weiß, wie viele damals Schuhe mit solchen Spangen getragen haben? Vermutlich waren sie total angesagt«, warf Max ein. »Außerdem, darf ich dich daran erinnern, dass ich alles nur geträumt habe? Niemand würde mir glauben, und zwar zu Recht. Im Übrigen ist der Bürgermeister momentan gar nicht wichtig.«

»Und warum?«, fragte Fritzi trotzig. Ihren Lieblingsfeind wollte sie so schnell nicht vom Haken lassen.

»Inzwischen bin auch ich mir sicher, dass es meine Aufgabe ist, herauszufinden, was mit Friederike passiert ist. Es wird Zeit, dass die beiden ihren Frieden finden, vor allem Andreas. Er macht sich immer noch Vorwürfe und gibt sich die Schuld am Verschwinden von Friederike. Für ihn muss ich den wahren Schuldigen finden. Und das ist nicht der Bürgermeister.« Max sah Fritzi ernst in die Augen. »Und was ist mit der Sage, an die du doch glaubst? Falls ich der Nachkomme des Räuberjungen bin, muss ich einen Nachkommen von Friederike, also vielleicht dich, aus großer Gefahr retten, und darauf habe ich jetzt echt keine Lust. Mir reichen schon meine Träume. Und mein normales Leben ist momentan auch ganz schön kompliziert. Zum Beispiel muss ich mir noch was einfallen lassen, um Julian aus dem Weg zu gehen. Also versuch in den nächsten Tagen, brenzligen Situation aus dem Weg zu gehen!« Max stieg auf sein Fahrrad und fuhr los. »Und jetzt beeil dich! In zehn Minuten fängt die Schule an. Nachsitzen fehlt mir noch!«

»Lass uns doch wenigstens nachsehen, ob das Geld noch da ist. Vielleicht gibt es ja den Steinhaufen noch?«, rief Fritzi ihm hinterher.

Doch Max winkte sofort ab. »Quatsch, warum hätte der Amtmann das Geld dort liegen lassen sollen? Der Typ war geldgierig!« Und damit schien das Thema für ihn erledigt. Seine Freundin aber hatte nicht vor, einfach so aufzugeben.

Den Rest des Tages schaffte es Max tatsächlich, seinem Erzfeind aus dem Weg zu gehen, auch wenn dieser ihm während des Unterrichtes immer wieder Drohbriefchen zusteckte, in denen so fantasielose Sprüche wie *Ich krieg dich schon noch!* oder *Mach dich auf was gefasst!* standen. Während der Pausen trieb sich Max daher ausschließlich in der Nähe des Lehrerzimmers herum und nach Schulschluss verschaffte Fritzi ihm einen Vorsprung. Sie lenkte Julians Aufmerksamkeit auf sich, indem sie lautstark verkündete, dass sein Vater sowieso nur die Wahl gewinnen würde, weil er die Stimmzettel fälscht. Max fand zwar, dass sie damit ganz schön übertrieb, aber schließlich heiligte der Zweck die Mittel. Julian war so sehr in eine Diskussion mit Fritzi vertieft, dass er nicht bemerkte, wie Max heimlich aus dem Klassenzimmer in Richtung Fahrradkeller schlich.

Zu Hause angekommen, machte er sich gleich ans Lernen, obwohl er viel lieber skaten gegangen wäre. Am Montag schrieben sie nämlich einen Englischtest und das Pauken der Vokabeln hatte er in letzter Zeit sehr vernachlässigt. Es gab also genug zu tun.

Am Abend war Max so erschöpft, dass er gar keinen Gedanken mehr an den Amtmann, Friederike und Andreas verschwenden konnte. Er schlief sofort ein.

Der sechste Traum

Max brauchte einige Zeit, bis er begriff, dass er sich in einer Gefängniszelle befand. Feucht und dunkel war es, die Wände bestanden aus blankem Mauerwerk. Auf dem Boden war Stroh ausgelegt, dessen Ernte schon sehr lange her sein musste. Kot verriet die Anwesenheit von Ratten. Es roch entsetzlich. Eine vergitterte Öffnung unterhalb der Decke ließ etwas Tageslicht und Luft herein, was den Aufenthalt für die Frauen und Kinder kaum erträglicher machte. Sie kauerten auf umlaufenden hölzernen Bänken, die auch als Betten dienten. Manche der Mütter beschimpften die Wärter, andere wiegten beruhigend ihre ängstlichen Kinder im Arm. Waren das die Frauen und Kinder der Räuber? Max betrachtete die Gruppe, wobei sein Blick auf Andreas fiel. Die beiden jüngeren Brüder hatten sich Schutz suchend an ihn gedrückt. Max konnte Andreas' Traurigkeit deutlich spüren.

»Du kannst nichts dafür, hörst du! Dein einziger Fehler war, dass du dem falschen Mann vertraut hast. Der Amtmann und dein Vater sind schuld, nicht du!« Doch all die tröstenden Worte konnte Andreas nicht hören.

Wütend schlug Max gegen die schwere Eichentür.

»Macht sie auf! Verflucht noch mal! Lasst die Kinder frei! Sie haben euch nichts getan.«

Wie wild hämmerte er mit seinen Fäusten gegen das Holz, als plötzlich eine Fensterklappe in der Tür geöffnet wurde. Die hässliche Fratze des Amtmanns war zu sehen. Erschrocken wich Max zurück.

»Sie sind hier!«, hörte er den Amtmann zu seinen Wachen sagen. »Öffnet die Tür!«

Ängstlich wartete Max ab, was geschehen würde. Mehrere Wachen, gefolgt vom Amtmann, betraten die Zelle.

Kaum war der Amtmann drinnen, verzog er angeekelt das Gesicht, holte ein Taschentuch aus dem Hemdsärmel und hielt es sich unter die Nase.

Eine Frau sprang mit einem Satz von der Bank auf. »Mit welchem Recht haltet Ihr uns hier fest? Wir haben nichts getan.«

»Das kannst du vielleicht dem Herrgott weismachen, aber nicht mir«, erwiderte der Amtmann höhnisch. »Ihr seid doch alle Handlanger und Mitwisser. Ihr werdet hier eure gerechte Strafe absitzen. Und jetzt schafft mir die Kinder hier raus!«

»Kommt schon! Steht auf!«, befahl eine der Wachen. »Der Karren wartet schon auf euch.«

Als eine Frau sich erheben wollte, wurde sie barsch zurückgehalten. »Nicht ihr Weiber. Nur die Kinder.«

»Ihr könnt uns doch nicht unsere Kinder wegnehmen«, jammerte eine Mutter. Verzweifelt klammerten sich vor allem die kleinen Kinder an ihre Mütter, doch alles Weinen und

Betteln half nichts. Die Wachen griffen sich ein Kind nach dem anderen und brachten es hinaus. Nur die gezückten Schwerter hielten die Frauen in Schach.

Andreas sprang nun auf und ging auf den Amtmann zu. »Wie geht es Friederike? Geht es ihr gut?«

Sofort stellte sich eine Wache schützend vor seinen Herrn.

»Was soll das? Wie redest du mit dem Amtmann?«, schnauzte er zurück.

»Er ist ein hinterhältiger Lügner!«, rechtfertigte sich Andreas. »Er hat keinen Respekt verdient.«

Während der Amtmann nur schweigend dastand, verpasste der Wachmann Andreas eine Ohrfeige. »Wage es ja nicht noch einmal, in diesem Ton mit dem Amtmann zu reden!«

Andreas senkte demütig seinen Kopf. »Sagt mir wenigstens, wie es Friederike geht.«

»Sie wurde noch nicht gefunden«, fuhr ihn der Amtmann an. »Du hast Glück, dass du noch ein Kind bist. Die Befragung unter Folter bleibt dir erspart. Dein Vater und seine Leute haben zwar gesungen wie die Vögelchen, aber das Mädchen und das Lösegeld bleiben trotzdem spurlos verschwunden. Sie leugnen einfach, das Geld jemals bekommen zu haben. Und das Mädchen ist nicht dort, wo es angeblich sein soll.«

»Aber Friederike ist im Erdkeller. Ihr habt sie gestern selbst dort gesehen.« Fassungslos starrte Andreas den Mann an, dem er vertraut hatte und der jetzt so tat, als kenne er ihn nicht. Verzweifelt wandte sich Andreas an die Wachen. »Die Räuber sagen die Wahrheit. Dauber hat das Geld.« Er deutete mit dem Finger auf den Amtmann und bekam dafür erneut eine Ohrfeige.

Dieses Mal jedoch trat Dauber auf ihn zu. »Dein Vater und seine Leute sind Räuber und werden morgen bei Sonnenaufgang für ihre Verbrechen am Galgen baumeln. Die Frauen werden ihre Strafe hier in Hohenstein absitzen und ihr Kinder«, er lächelte scheinheilig, »werdet nach Würzburg gebracht. Im Waisenhaus wird man anständige Christen aus euch machen.«

»Was habt Ihr mit Friederike gemacht?«, schrie Andreas erneut und erntete diesmal vom Amtmann einen Schlag ins Gesicht.

»Schafft ihn endlich weg!«, brüllte er seine Wachen an.

Fassungslos stand Max da und beobachtete das Geschehen. Voller Hass sah er den Amtmann an und da fiel ihm auf, dass an seinem rechten Schuh eine Schnalle fehlte. War es die, die er im Keller gefunden hatte?

»Andreas sagt die Wahrheit. Der Amtmann weiß, wo Friederike ist. Glaubt ihm kein Wort. Er war nach der Festnahme noch mal im Erdkeller bei ihr. Seht doch, ihm fehlt eine Schnalle. Sie liegt im Keller. Er ist der wahre Schuldige!«

In diesem Augenblick sah Andreas zu ihm hinüber, sah ihm direkt in die Augen, und alles um Max herum begann sich zu drehen. Er sah Friederike im Keller sitzen, geknebelt und gefesselt, doch dann war da plötzlich Fritzi.

Schweißgebadet wachte Max auf. Was hatte der Traum zu bedeuten?

Wo ist Fritzi?

Gleich nach dem Frühstück lief Max zum Schloss hinüber. Zum Glück war es Samstag, und Fritzi und er hatten jede Menge Zeit, sich über den jüngsten Traum zu unterhalten. Vielleicht war es ja sein letzter Traum von Andreas und Friederike gewesen. Von nun an wusste auch Andreas nicht, wie die Geschichte weiterging. Oder musste Max jetzt ohne Andreas weiterträumen? War das vielleicht der Grund für die Träume? Hatte Andreas sie geschickt, damit Max die Geschichte zu Ende bringen konnte? Aber wie? Und warum war aus Friederike plötzlich Fritzi geworden? Max war schon gespannt, was Fritzi dazu sagen würde. Vielleicht hatte sie ja eine Idee.

Max klingelte an einem Nebeneingang des Schlosses und wartete. Es dauerte eine Weile, bis Frau von Hohensteins Stimme über die Sprechanlage zu hören war.

»Wer ist da?«

»Ich, Max.«

»Einen Moment bitte!«, flötete Fritzis Mutter, dann erklang das Summen des Türöffners.

Immer zwei Stufen auf einmal nehmend, hastete Max die Treppen zum Privateingang der Schlossfamilie hinauf. An der Tür wurde er bereits von Frau von Hohenstein erwartet.

»Hallo, Max! Schön, dich zu sehen. Du willst sicher zu meiner Tochter.«

»Ja! Ist Fritzi da?«, fragte er höflich.

»Ich muss dich leider enttäuschen, aber Fritzi ist vor einer halben Stunde in die Stadt aufgebrochen. Sie wollte sich irgendetwas besorgen. Frag mich nicht, was. Mich weiht meine Tochter schon lange nicht mehr in ihre Pläne ein.«

»Oh, schade«, murmelte Max niedergeschlagen. »Würden Sie bitte Fritzi ausrichten, dass sie sich bei mir melden soll, sobald sie zurück ist? Es ist dringend.«

»Gern!«, versprach Frau von Hohenstein. »Ich wünsche dir noch einen schönen Tag.«

Den werde ich sicher nicht haben, murmelte Max so leise, dass es die Schlossherrin nicht hören konnte. Jetzt, da Fritzi nicht zu Hause war, machte er sich Sorgen. Der Traum ging ihm nicht mehr aus dem Kopf. Wenn Max an die Legende dachte, rumorte es in seinem Magen. War Fritzi in Gefahr?

Einfach nur herumsitzen konnte er jetzt unmöglich. Allein der Gedanke daran machte ihn nervös. Sicher sollte er besser Englisch lernen, aber vermutlich würde er sich sowieso nicht konzentrieren können. Also schnappte sich Max sein Fahrrad und fuhr in den Ort. Vielleicht fand er Fritzi ja.

Hohenstein war voller Wahlplakate. Am Marktplatz hatte sogar jede Partei einen Informationsstand aufgebaut. Wahlhelfer versuchten, noch am Tag vor der Abstimmung Wähler für sich zu gewinnen. Max wusste jedoch von Fritzi, dass der Wahlkampf sowieso schon entschieden war. Daubers Gegner waren nämlich nicht ernst zu nehmen und würden nicht mal annähernd eine Gefahr für ihn darstellen. Dennoch war der Bürgermeister persönlich anwesend und zeigte Bürgernähe. Als er Max wiedererkannte, fror sei Lächeln augenblicklich ein. Aus den Augenwinkeln konnte Max sehen, dass der Bürgermeister ihn argwöhnisch beobachtete, so als wäre er ein Randalierer oder Unruhestifter. Max musste plötzlich an Fritzi denken. Sie wäre vermutlich jetzt direkt auf Dauber zugegangen und hätte ihm gesagt, dass sie ihn unter keinen Umständen wählen würde, selbst wenn sie dürfte. Bei dem Gedanken musste er schmunzeln. Wo nur konnte seine Freundin stecken? Sollte er den Bürgermeister nach ihr fragen? Vielleicht war sie ja tatsächlich zu ihm hingegangen und hatte ihn in eine politische Diskussion verwickelt. Zuzutrauen war es ihr. Aber Max hatte keine Lust auf ein Gespräch mit ihm. Stattdessen ließ er die Stände samt ihren Wahlgeschenken links liegen und suchte lieber den Marktplatz nach Fritzi ab. Nachdem dies erfolglos blieb, ging er in sämtliche Läden, von denen er annahm, dass sie dort stecken könnte. Doch nirgends war eine Spur von ihr. Nach einer Stunde gab er enttäuscht auf und fuhr wieder nach Hause. Offenbar musste er sich gedulden, bis sie wieder zurück war. Er konnte nur hoffen, dass Frau von Hohenstein ihrer Tochter die Nachricht weitergab.

Als Fritzi sich am Nachmittag immer noch nicht bei ihm gemeldet hatte, wurde er langsam unruhig. Ein Anruf bei ihren Eltern änderte daran auch nichts. Niemand ging ran.

Das letzte Bild aus seinem Traum bahnte sich erneut einen Weg in sein Bewusstsein. Es konnte Fritzi doch nichts passiert sein, oder? Wie ein Tiger im Käfig lief er unruhig in seinem Zimmer auf und ab. Immer wieder rief er bei seiner Freundin an, aber niemand war zu Hause. Als er am Abend endlich das Auto der Familie in den Schlosshof fahren hörte, hielt er die Anspannung nicht mehr aus. Er rannte zum Schloss hinüber und klingelte erneut an der Tür. Wieder öffnete Frau von Hohenstein.

»Oh, hallo, Max! Du willst sicher zu Fritzi, aber sie ist heute nicht nach Hause gekommen.«

Max sah die Frau fassungslos an. Wie konnte sie das nur so gelassen sagen? Machte sie sich denn keine Sorgen? Frau von Hohenstein fiel wohl Max' entsetztes Gesicht auf, denn sie beruhigte ihn gleich. »Ich fürchte, ich habe mich falsch ausgedrückt. Eine Freundin hat heute Mittag angerufen und gesagt, dass Fritzi bei ihr übernachten würde. Du ahnst ja nicht, wie überrascht ich war, dass meine Tochter eine so gute Freundin hat.« Fritzis Mutter strahlte übers ganze Gesicht. »Ich bin ja so froh, dass sie endlich jemanden gefunden hat.«

»Ja, dann«, stammelte Max, »da kann man wohl nichts machen.« Enttäuscht verabschiedete er sich und ging nach Hause, ohne Fritzi.

Doch es dauerte nicht lange und ein Gefühl von Eifersucht begann sich in ihm breitzumachen. Bisher hatte er immer gedacht, er allein wäre ihr Freund. Gut, sie kannten sich noch nicht so lange, und am Anfang ging sie ihm auch gehörig auf die Nerven, aber war das ein Grund, ihn einfach so zu ersetzen? Und auch noch durch ein Mädchen! Sie fand doch alle doof. Woher kam der plötzliche Sinneswandel? Ausgerechnet jetzt, wo er sie dringend sprechen musste und seine Angst vor dem nächsten Traum riesig war. Was, wenn er nicht mehr wusste, dass er nur träumte, und für immer darin festsaß? Wenn er nicht mehr aufwachte und ihm etwas zustieß? Irgendwie waren die Träume von Mal zu Mal echter geworden und beim nächsten Mal würde er vielleicht nicht mehr nur ein stiller Beobachter sein. Konnte er sich dadurch selbst in Gefahr bringen? Sofort machte sich Verzweiflung bei Max breit. Das Einschlafen heute Nacht musste unter allen Umständen verhindert werden. Cola und Computerspiele waren angesagt. Ein Blick aus dem Fenster verriet ihm, dass die Welt dort draußen auch nicht in besserer Stimmung war. Ein Unwetter war im Anmarsch.

Der Kreis beginnt sich zu schließen

Fritzi fror schrecklich. Sie zitterte am ganzen Körper. Wie war sie nur in diese furchtbare Situation geraten? Draußen hörte sie das laute Prasseln des Regens, das immer wieder für kurze Zeit übertönt wurde, wenn Donnerhall die Nacht durchbrach. Es roch nach Erde, die Luft war feucht und kühl. Auch wenn um sie herum sämtliche Umrisse von tiefer Dunkelheit verschluckt waren, war Fritzi überzeugt davon, im Keller der Räuber zu sein. Irgendjemand hielt sie hier im Wald gefangen. Nur wer? Und wie war sie hierhergekommen? Das Letzte, woran sie sich erinnerte, war Julian, der Sohn des Bürgermeisters. Hatte er etwas damit zu tun? Warum nur war sie ihm ausgerechnet heute Vormittag auf dem Weg in die Stadt in die Arme gelaufen? Und warum nur hatte sie die Abkürzung durch den Wald genommen? Wenigstens fiel ihr das wieder ein. Zum einen wollte sie am *Kalten Stein* Blumen niederlegen, wie jedes Wochenende, zum anderen hatte sie gehofft, den Steinhaufen zu finden, unter dem der Amtmann das Geld versteckt hatte. Sie war den Weg genau so abgegangen, wie Max es in seinem Traum beschrieben hatte. Sobald sie am Wegrand eine größere Ansammlung Feldsteine entdeckt hatte, hatte Fritzi sie umgedreht, darunter allerdings nur Spinnen, Kellerasseln, Würmer und Ameisen gefunden. Entsprechend schlecht gelaunt war sie gewesen, als sie am *Kalten Stein* auf Julian traf, der merkwürdigerweise einen Spaten bei sich trug.

Fritzi fasste sich an den Hinterkopf. Eine riesige Beule machte ihr dort zu schaffen. War die Beule vielleicht dafür verantwortlich, dass sie sich nicht erinnerte, wie sie hierhergekommen war? Auf jeden Fall war sie heute Morgen noch nicht da gewesen. Fritzi sah Julians Spaten vor sich. Der Typ wird doch nicht so blöd gewesen sein und ihr den von hinten übergezogen haben? Obwohl, wenn sie darüber nachdachte, war dem Sohn des Bürgermeisters alles zuzutrauen.

Wie immer hatte er sie provoziert, sie Prinzesschen genannt und ihr anschließend verboten, die Blumen am Stein niederzulegen. Doch damit beließ er das Ganze nicht.

»Der Stein gehört jetzt uns«, hatte Julian gesagt, nach den Blumen gegriffen und sie verächtlich auf den Boden geworfen. Danach war er wie Rumpelstilzchen darauf herumgetrampelt.

Fritzi hatte empört nach Luft geschnappt. Alles in ihr hatte von da an nach Rache geschrien. »Spinnst du jetzt völlig! Meine Familie legt schon seit Hunderten von Jahren Blumen hier ab. Und da glaubst du, es mir verbieten zu können? Na, wenn das kein Größenwahnsinn ist. Aber fies veranlagt war deine Familie ja schon immer. Vor allem, wenn ich an deinen ehrenwerten Vorfahren Johann Georgius Dauber denke.«

»Was soll das heißen?«, hatte Julian sie scharf angefahren.

»Dein Ururururgroßvater war ein Verbrecher, das soll es heißen«, triumphierte Fritzi.

Daraufhin war Julian rot angelaufen. »Halt deine Klappe!«, hatte er sie angeschrien, doch Fritzi war gerade erst richtig in Fahrt gekommen. Ihr war nämlich nicht entgangen, dass sie bei ihrem Klassenkameraden einen wunden Punkt getroffen hatte, und in dem wollte sie noch etwas länger herumstochern.

»Ich bin gerade auf dem Weg zur Zeitung. Und rate mal, was ich dort will?«, Fritzi grinste ihn scheinheilig an. »Ich werde ihnen erzählen, dass dein Vorfahr für das spurlose Verschwinden der kleinen Friederike verantwortlich war. Und dann kannst du die Wiederwahl deines Vaters vergessen.« Fritzi wusste, dass lügen nicht richtig war, aber Julian damit zu ärgern, machte viel zu großen Spaß.

»Was redest du für einen Schwachsinn!«, blaffte der zurück. »Von welcher Friederike sprichst du?«

»Du kennst sie. Die Tochter des Barons, die vor langer Zeit spurlos verschwunden ist. Die Räuber hatten sie zwar entführt, dein Vorfahr aber hatte dafür gesorgt, dass sie für immer verschwunden blieb.« Fritzi genoss den bleichen Gesichtsausdruck Julians. »Ich habe sogar Beweise dafür. Zum Beispiel eine Schnalle. Gefunden am Tatort. Sie gehörte dem Amtmann, also deinem Urahn.«

Julian war inzwischen lila angelaufen, was Fritzi aber nicht davon abhielt, zu einem letzten, vernichtenden Schlag auszuholen.

»Was hast du eigentlich mit der Schaufel vor? Bist du für die Ausgrabungen im Wald verantwortlich? Du weißt schon, dass das verboten ist und ich das umgehend der Polizei melden sollte, oder?«

Mit diesen Worten hatte sie sich umgedreht und ihn stehen lassen. Und dann? Als Nächstes war Fritzi hier aufgewacht. Sie saß auf dem kalten Boden und war an Händen und Füßen gefesselt. Anfangs hatte sie laut um Hilfe gerufen, wer aber sollte sie mitten im Wald hören?

Statt herumzuschreien, dachte sie also lieber über Julian nach. Hatte er ihr die Geschichte wirklich abgenommen? War er tatsächlich so dumm gewesen und auf ihren Bluff hereingefallen? Wie um Himmels willen hätte sie den Wahlsieg seines Vaters verhindern können? Die Wahl war doch schon morgen. Selbst wenn sie zur Zeitung gegangen wäre, hätte der Artikel nicht vor Montag erscheinen können, also viel zu spät. Aber das Erbsenhirn hatte das nicht geschnallt. Der entsetzte Gesichtsausdruck Julians hatte Bände gesprochen. Nur eine Sache machte Fritzi stutzig. Warum hatte er ihre Geschichte überhaupt nicht angezweifelt? Wenn ihr jemand so etwas aufgetischt hätte, dann hätte sie ihm einen Vogel gezeigt. Julian hingegen nicht. Und was bitte schön hatte er mit dem Spaten vor? War er tatsächlich der heimliche Ausgräber?

Draußen hatte zwar das Gewitter nachgelassen, aber der Regen war mittlerweile stärker geworden. Warum kam denn niemand? Suchten ihre Eltern denn nicht nach ihr? Sie mussten sie doch schon längst vermissen. Und was war mit Max?

Inzwischen sickerte Regenwasser durch das baufällige Deckengewölbe. Stetig tropfte es auf den Boden vor ihren Füßen. Von Minute zu Minute waren mehr Tropfen zu hören, dann wurde es plötzlich laut.

Über Fritzi stürzte die Decke ein.

Der siebte Traum

Max kämpfte verzweifelt gegen seine Müdigkeit an. Nur nicht einschlafen! Auf keinen Fall träumen! Noch nie zuvor hatte er so viel Angst vor einem Traum gehabt. Zum Glück waren seine Eltern nicht zu Hause. Sie waren zu einem Konzert nach Würzburg gefahren und würden erst sehr spät zurückkommen. So konnte er wenigstens seine Anlage laut aufdrehen. Und da er unter keinen Umständen einschlafen wollte, hatte er seine liebste Krawall-CD eingelegt. Nun brüllte Bon Scott von AC/DC ihm seinen Hit *Highway to Hell* um die Ohren.

Wie passend, dachte Max.

Aber die laute Musik verhinderte dennoch nicht, dass Max früher oder später die Müdigkeit überwältigte. Am Anfang versuchte er noch, so zu tun, als wäre er Angus Young, und spielte zu den Songs Luftgitarre, nur um sich wach zu halten. Aber irgendwann konnte er der Müdigkeit nicht mehr standhalten. Erschöpft ließ er sich aufs Bett fallen und schlief sofort ein.

Max fand sich im Erdkeller der Räuber wieder. Von draußen waren Hufgetrappel und Rufe zu hören. Anscheinend zogen die Soldaten gerade ab und keiner von ihnen hatte die Aussage des Amtmanns angezweifelt und noch mal im Keller nachgesehen. Max' Blick fiel auf Friederike. Geknebelt und gefesselt saß sie im hinteren Teil des Kellers. Tränen liefen ihr über die Wangen. Max ging zu ihr und setzte sich neben sie.

»Ich bleibe bei dir. Du musst keine Angst mehr haben, hörst du?«, versuchte er sie zu trösten, aber Friederike nahm ihn nicht wahr. Trotzdem wich Max nicht von ihrer Seite. Vielleicht konnte sie ihn irgendwie spüren.

Wie lange er so dasaß, konnte Max nicht sagen. Draußen hatte es inzwischen zu regnen begonnen. Er spürte die Feuchtigkeit am ganzen Körper. Friederike hatte angefangen zu zittern. Wütend sprang Max auf und lief die Stufen hinauf zum Eingang. Vielleicht konnte er irgendwie Hilfe holen. Doch sosehr er sich auch anstrengte, die Tür ließ sich nicht öffnen. Jemand hatte von außen einen Riegel vorgeschoben. Frustriert hämmerte Max mit seinen Fäusten gegen die Tür.

»Hilfe! Holt uns hier raus!«, schrie er aus Leibeskräften, doch das Prasseln der Regentropfen war nun lauter geworden und verschluckte seine Rufe. Ihm blieb nichts anderes übrig, als wieder zu Friederike zurückzukehren. Von der Decke tropfte inzwischen das Wasser und löste kleine Mörtelstücke ab. Friederike bekam immer mehr Angst. Verzweifelt zerrte sie an ihren Fesseln, scheuerte sich dadurch aber nur die Haut wund. Gerade als Max sich wieder zu ihr setzen wollte, um sie zu beruhigen, wurde alles um ihn herum in grellweißes Licht getaucht. Nicht mehr Friederike saß vor ihm, sondern Fritzi. Hilflos musste Max mit ansehen, wie die Decke des Kellers einstürzte.

Angst um Fritzi

Max schreckte aus seinem Traum hoch. Mit Herzklopfen saß er in seinem Bett und sah sich um. Als er die blauen Blümchen auf der Tapete wiedererkannte, atmete er erleichtert auf. Sie waren ein untrügliches Zeichen dafür, dass er sich in seinem Zimmer befand. Die längst vergangenen Ereignisse waren zum Glück ein Traum geblieben, auch wenn er die feuchte Erde immer noch riechen konnte. Aber plötzlich sah er das letzte Traumbild wieder vor sich. Sofort wich die Erleichterung der Sorge.

Was war geschehen? Hatte sich soeben tatsächlich Friederike in Fritzi verwandelt? Aber warum?

Max' Magen begann zu rebellieren. Irgendetwas stimmte nicht. Die ganze Sache machte ihm Angst. War Fritzi etwas zugestoßen? Aber sie übernachtete doch bei einer Freundin? Am liebsten hätte er dort angerufen, um sicher zu sein, dass es ihr gut ging. In Gedanken ging Max alle Mädchen aus ihrer Klasse durch, doch entweder mochte Fritzi sie nicht oder sie mochten Fritzi nicht. Und die übrigen waren im Internat. Bei ihnen konnte Fritzi sowieso nicht übernachten. Je mehr Max darüber nachdachte, umso sicherer war er, dass etwas nicht stimmte.

Was, wenn sie gar nicht bei einer Freundin war? In seinem Traum saß sie wie Friederike vor über 360 Jahren gefesselt im Erdkeller der Räuber. Und sie war wie ihre Vorfahrin verschüttet worden. Hieß es in der Legende nicht, dass ein Nachfahre in großer Gefahr sein würde? War das jetzt der Fall? Wurde Fritzi gerade in diesem Keller gefangen gehalten? Wurde sie vielleicht nicht nur im Traum verschüttet?

Plötzlich war es Max ganz egal, wie lächerlich sich seine Überlegungen anhörten. Er wollte nur noch zu Fritzi. Wenn ihm nämlich sein Traum nicht nur die Vergangenheit, sondern auch die Gegenwart gezeigt hatte, war seine Freundin in Gefahr, in großer Gefahr. Jede Sekunde würde zählen.

Zum Glück war Max heute Abend in seinen Klamotten eingeschlafen. Nun musste er nur seine Taschenlampe einstecken und Schuhe anziehen. Ein Blick ins Schlafzimmer seiner Eltern verriet ihm, dass sie noch nicht zurück waren. So ein Mist! Sollte er dann vielleicht Fritzis Eltern wecken? Es würde bestimmt eine Ewigkeit dauern, ihnen alles zu erklären. Und warum sollten sie ihm auch nur ein Wort glauben? Nun lag es allein an ihm.

Draußen war es dunkel und es regnete. Laute Donnerschläge grollten durch die Finsternis, grelle Blitze machten für kurze Zeit die Nacht zum Tag und verwandelten das Schloss in ein furchteinflößendes schwarzes Schattenbild. Das Wetter war wie im Traum, dachte Max und wurde immer unruhiger. Schnell schnappte er sich sein Rad und fuhr in Richtung Wald. Der Feldweg war mit dem Licht des Fahrrades kaum auszumachen. Immer wieder brachte ihn ein Schlagloch fast zum Stürzen.

Vor dem Wald, der bedrohlich und geheimnisvoll vor ihm lag, hielt er an. Wenn nur der Mond scheinen würde. Sehnsüchtig blickte Max zum wolkenverhangenen Nachthimmel. Er war kohlrabenschwarz wie alles um ihn herum. Nur der Wald erschien sogar noch etwas schwärzer. Das Fahrrad konnte er vergessen. Die erstbeste Baumwurzel würde seine Fahrt schmerzhaft beenden. Ihm blieb keine andere Wahl, als zu Fuß weiterzugehen. Voller Unbehagen betrachtete Max die dicht stehenden Bäume, die wie eine Schutzmauer die Außenwelt von sich abschirmten. Die Geräusche, die aus dem Wald kamen, klangen unheimlich. Sollte er da wirklich hineingehen? Hatte er überhaupt eine Wahl?

Max stellte sein Rad ab und knipste die Taschenlampe an. Der Regen war unterdessen immer stärker geworden. Es goss in Strömen und Max war bis auf die Haut durchnässt. Hätte er nur seine Regenjacke angezogen. Doch alles Jammern half nichts. Max sprintete los, so schnell er konnte. Denn je schneller er lief, umso weniger nahm er von seiner gespenstischen Umgebung wahr, umso leichter konnte er die gruseligen Geräusche ausblenden und umso weniger fror er. Ohne einmal stehen zu bleiben, erreichte er den *Kalten Stein*. Schon am helllichten Tag fand er es unheimlich hier, doch nachts war es um einiges schlimmer. Er fühlte sich beobachtet. Voller Unbehagen leuchtete Max seine nähere Umgebung ab. Die dürren Äste der Bäume wirkten wie Fangarme von Monstern.

Das sind nur Bäume. Du musst weiter!, befahl er sich und schlug den Weg in Richtung Räuberhütte ein. Er war so gut wie nicht zu erkennen, denn das Unterholz stand hier besonders dicht. Ständig kratzte ein Ast an seinem Arm oder streiften nasse Blätter über sein Gesicht. Hin und wieder waren das Knacken der Äste oder Flügelschläge zu hören. Dann huschte wieder ein Tier vor ihm davon oder erhob sich ein Vogel erschrocken in die Lüfte. Max fuhr jedes Mal zusammen.

Bereits nach wenigen Schritten zeigte sich, dass er sich ohne Fritzi einfach nicht zurechtfand. Mitten im Wald stand er da und sah um sich herum nur Schwärze. Sollte er sich nach rechts oder mehr nach links schlagen? Max wusste nicht mehr weiter. Er hatte keine Ahnung, wo er eigentlich war. Verzweifelt kauerte er sich an einen Baum. Was war er nur für ein Freund? Statt Fritzi zu helfen, war er nun auf Hilfe angewiesen. Max liefen die Tränen über die Wangen, als er etwas Feuchtes und zugleich Warmes an seiner Hand spürte. Erschrocken zog er sie weg und sah auf. Vor ihm stand der Schwarze Hund mit seinen leuchtenden roten Augen und starrte ihn an. Max sprang blitzschnell auf. Doch sosehr er auch wegrennen wollte, der Blick des Hundes ließ ihn einfach nicht los.

»Tu mir bitte nichts, hörst du!«, flehte Max. »Ich tu dir auch nichts. Ich bin ein Freund von Andreas. Du kennst doch Andreas, oder?« Der Hund reagiert nicht. »Wir kennen uns auch«, versuchte es Max weiter. »Wir sind uns schon in meinen Träumen begegnet und hier im Wald, weißt du noch?«

Als ihn der Hund anbellte, rutschte Max das Herz in die Hose. Er rechnete schon damit, jeden Moment von dem Tier angefallen zu werden, doch stattdessen drehte es sich um und trottete davon. Max erinnerte sich an eine ähnliche Situation vor ein paar Tagen. Fritzi und er waren dem Hund gefolgt und so zu dem Versteck der Räuber gelangt. Vielleicht verhielt es sich nun ebenso. Was hatte er schon zu verlieren, außer dass er den direkten Zugang zur Hölle finden würde? Ohne weiter darüber nachzudenken, machte Max einen Satz und rannte ihm hinterher. Doch er hatte Mühe, zu folgen. Der Hund kam im Unterholz viel schneller voran. Max dagegen schlugen ständig Zweige schmerzhaft ins Gesicht, einmal stolperte er über eine Wurzel und wäre fast hingefallen. Er durfte das Tier nicht aus den Augen verlieren. Nach einer gefühlten Ewigkeit blieb der Hund endlich stehen. Vor ihnen erhob sich der Hügel, in dem der Felsenkeller eingegraben war.

Max suchte mit seiner Taschenlampe nach dem Eingang, was ihm zum Glück rasch gelang. Er wollte schon die Treppen hinunterstürmen, als er entsetzt davor stehenblieb. Steine, Mörtel und Erde versperrten ihm den Weg. Der Keller war eingestürzt.

Max geriet in Panik. Wenn Fritzi wirklich da drinnen war? Angsterfüllt begann er nach ihr zu rufen, doch der Regen prasselte so laut auf die Blätter der umstehenden Bäume, dass er nichts hören konnte.

»Wenn du da drin bist, Fritzi«, schrie Max, »ich hole Hilfe! Ich bin gleich wieder bei dir.«

Dann wandte er sich dem Hund zu. »Du musst mich so schnell wie möglich zurück zum Weg führen.« Und als hätte der Hund alles verstanden, lief er los und Max hinterher.

Die Zeit drängt

Max rannte, so schnell er konnte. Hochkonzentriert sprang er über Baumwurzeln, wich Büschen aus und erreichte in Rekordzeit sein Fahrrad. Wie der geölte Blitz fuhr er nach Hause. Erst kurz vor der Tür bremste er ab, sprang vom Rad, das scheppernd im Kies landete, und klingelte Sturm.

Seid bitte da! Bitte! Bitte!, flehte Max und war erleichtert, als er die Stimme seines Vaters hörte.

»Wer ist da?«

»Ich bin's. Max. Mach auf!«

Sofort wurde die Tür von seinen Eltern aufgerissen. Ihre verärgerten Blicke sprachen Bände.

»Was fällt dir ein, dich nachts draußen herumzutreiben? Wir haben uns solche Sorgen gemacht«, schimpfte seine Mutter. »Wo warst du? Was ...?« Seine Mutter brach ihre Schimpftirade abrupt ab, als sie den Zustand ihres Sohnes wahrnahm. Klatschnass und zitternd stand er in der Tür.

»Was ist passiert?«, rief Max' Mutter erschrocken und drückte ihren Sohn sofort beschützend an sich.

Max wäre am liebsten für den Rest seines Lebens so stehen geblieben, aber die Zeit drängte. Unwillig löste er sich aus der Umarmung und begann aufgeregt zu erzählen.

»Ihr müsst mir jetzt glauben. Hört ihr? Ich kann euch das nicht erklären, aber Fritzi ist vermutlich in großer Gefahr. Ich bin mir ziemlich sicher, dass sie in einem Keller im Wald gefangen gehalten wird. Und der Keller ist jetzt bei dem vielen Regen eingestürzt.«

Seine Eltern sahen ihn verwirrt an. Sein Vater fand als Erster die Worte wieder.

»Welcher Keller? Im Wald? Fritzi?«

»Wir müssen Hilfe holen. Schnell! Bitte!« Max war so aufgebracht, dass sein Vater sofort zum Telefon griff und Fritzis Eltern informierte. Danach rief er direkt bei der Feuerwehr an.

»Die wollen wissen, wo der Keller ist?«

Max griff nach dem Hörer und erklärte: »In der Nähe vom *Kalten Stein*. Kennen Sie den? Gut. Von da aus muss man zu Fuß durchs Unterholz. Wir treffen uns am besten dort.«

Mit zitternden Händen legte Max auf.

Seine Mutter hatte in der Zwischenzeit ein paar Decken zusammengesucht und sie ihrem Mann gegeben. Max zog das nasse T-Shirt aus und ein warmes Sweatshirt und eine Regenjacke an. Dann lief er mit seinem Vater hinüber zum Schloss, um gemeinsam mit Fritzis Eltern zu fahren. Mit dem großen Landrover würden sie bestimmt besser durchs Gelände kommen.

Auf dem Weg zum *Kalten Stein* berichtete Fritzis Mutter, dass sie mithilfe der Rückruffunktion versucht hatte, die Freundin ihrer Tochter zu erreichen.

»Merkwürdigerweise meldete sich eine Jungenstimme. Als ich dann meinen Namen sagte, legte die Person sofort auf. Ehrlich gesagt bin ich jetzt auch etwas beunruhigt.« Frau von Hohenstein knetete nervös ein Taschentuch in ihren Händen.

»Wer um Himmels willen sollte ein Interesse daran haben, unsere Tochter zu entführen, außer um Lösegeld zu verlangen? Was ja bisher nicht der Fall ist«, meinte ihr Mann. Er war mindestens genauso angespannt. »Wie kommst du eigentlich auf die Idee, dass Fritzi in diesem Keller mitten im Wald gefangen gehalten wird?« Max sah die bohrenden Blicke Herrn von Hohensteins im Rückspiegel.

»So genau kann ich das jetzt auch nicht erklären«, haspelte Max. »Bitte vertrauen Sie mir einfach. Ich erzähle Ihnen alles, sobald wir Fritzi gerettet haben.«

Der Baron nickte und konzentrierte sich wieder auf den unebenen Weg. Es dauerte nicht lange und sie waren am *Kalten Stein*. Die Sirene der Feuerwehr konnten sie auch schon hören. Dann plötzlich verstummte sie. Vermutlich war sie auf den Feldweg eingebogen. Nervös standen Max und die Erwachsenen neben dem Auto und hielten nach den Scheinwerfern Ausschau.

»Da vorne! Ich sehe sie!«, rief Max als Erster. »Ein Rettungswagen ist auch mitgekommen.«

Innerhalb kürzester Zeit waren die Feuerwehrmänner und Sanitäter einsatzbereit. Der Kommandant ließ sich sofort von Max die Richtung zeigen und positionierte die Scheinwerfer des Feuerwehrfahrzeugs. Es wurde schlagartig hell. Die Angst, die Max verspürte, kam jetzt nicht mehr von irgendwelchen unsichtbaren Dämonen, die hinter Bäumen lauerten, sondern von der Sorge um seine Freundin. War sie schwer verletzt? Lebte sie noch? Würden sie es rechtzeitig schaffen, sie zu befreien? Einen Moment lang stand Max so teilnahmslos da wie in seinen Träumen. Als würde er nicht dazugehören, beobachtete er die Feuerwehrleute, wie sie sich mit geübten Griffen Schaufeln, Handscheinwerfer und anderes Bergungswerkzeug schnappten. Auch die Sanitäter hatten ihre Notfallrucksäcke umgelegt und die Trage genommen.

»Max!« Sein Vater riss ihn zurück in die Wirklichkeit. »Du musst vorangehen und den Männern den Weg zeigen.«

Der Weg? Wo war er noch gleich? Panik stieg in Max auf. Er wusste es nicht. Ohne Hilfe würde er ihn nie finden. Wo war nur der Hund?

»Ich brauch dich«, flüsterte er und zog fast zur gleichen Zeit erschrocken seine Hand weg. Etwas Feuchtes streifte darüber. Doch schon im nächsten Augenblick stellte er erleichtert fest, dass es sein neuer Freund war.

»Kannst du ihn sehen?«, fragte Max seinen Vater, der ihn verwirrt anschaute.

»Wen?«

»Ach nichts«, antwortete Max und folgte dem Hund.

Die Scheinwerfer der Feuerwehr machten jedes Hindernis sichtbar, sodass Max diesmal ohne größere Schrammen das Räuberlager innerhalb kürzester Zeit erreichte. Ohne weitere Erklärungen führte er die Männer zum verschütteten Eingang, dann konnte er nichts anderes tun als warten. Die Zeit verging viel zu langsam. Wie lange konnte es schon dauern, den Eingang freizuräumen? Minuten fühlten sich wie Stunden an. Immer wieder hörte er einen der Sanitäter nach Fritzi rufen, doch auch sie bekamen keine Antwort. Frau von Hohenstein hatte inzwischen den Kampf mit dem Taschentuch aufgegeben. Sie vergrub ihr Gesicht in die Schulter ihres Mannes und schluchzte.

»Das ist alles meine Schuld. Wie konnte ich nur glauben, dass sie eine Freundin hat? Unsere Fritzi und Mädchen?«

Ihr Mann versuchte sie zu trösten, aber das Schuldgefühl blieb. Max konnte das gut verstehen. Auch er fühlte sich elend. Andauernd fragte er sich, ob er das Unglück hätte verhindern können. Aber er wusste ja nicht mal, was geschehen war. Wieso war Fritzi überhaupt in dem Keller?

Max' Vater hatte einfach mit angepackt und geholfen, den Steinhaufen wegzuräumen. Leider zeigte sich schon nach kürzester Zeit, dass der Zustand des Kellers schlechter war als erwartet.

»Wir müssen alles abstützen, bevor wir weiter freilegen können«, mahnte der Kommandant. Schnell wurden einige der Männer zurück zum Wagen geschickt und Verstrebungsstangen und Bretter geholt. Die Sanitäter machten sich inzwischen Sorgen, dass Fritzi unterkühlt sein könnte oder nicht genügend Luft bekam. Zwar hatte sich der Regen gelegt und es nieselte nur noch, aber die Temperaturen waren gefallen. Auch Max spürte es und schlotterte am ganzen Körper. Er fühlte die Kälte förmlich in sich hochkriechen und sich auf seine feuchte Haut legen. Aber die Sorge um Fritzi bereitete ihm weitaus größere Höllenqualen. Hilflos stand er am Rand des Geschehens. Die Situation wurde immer unerträglicher. Schließlich ließ er sich auf die nasse Erde sinken und weinte. Wie aus dem Nichts war plötzlich der Hund wieder aufgetaucht und legte sich neben ihn. Max spürte den Kopf auf seinem Schoß. Die Wärme seines Körpers und sein weiches Fell hatten etwas unglaublich Beruhigendes.

»Du musst zu ihr gehen, zu Fritzi! Hörst du? Sie braucht dich jetzt mehr als ich.« Und als würde der Hund jedes Wort verstehen, stand er plötzlich auf und trottete davon.

Die Räumungsarbeiten gingen langsam, aber zügig voran. Irgendwann kam schließlich Max' Vater zu ihm geeilt.

»Komm! Sie sind durch. Sie können Fritzi schon sehen.«

Max sprang auf und sah, wie die Sanitäter die Trage holten. Dann verschwanden sie im Keller, um binnen kürzester Zeit mit Fritzi wieder herauszukommen. Schluchzend stürzte ihre Mutter zu ihr, an der Hand zog sie ihren Mann mit sich.

»Es geht ihr den Umständen entsprechend gut«, beruhigte der Arzt sofort. »Außer ein paar Prellungen fehlt ihr augenscheinlich nichts. Wegen der starken Unterkühlung und einem Schlag auf den Kopf ist sie momentan etwas benommen. Darüber brauchen Sie sich aber keine Sorgen zu machen. Wir nehmen sie mit ins Krankenhaus, um sie zu untersuchen, aber nachdem sie sich ausgeschlafen hat, kann sie bestimmt wieder nach Hause.« Dann wandte er sich an Max.

»Sie hat Glück, einen Freund wie dich zu haben. Hätten wir sie ein paar Stunden später gefunden, wäre das Ganze vermutlich nicht so glimpflich ausgegangen.«

Max trat verlegen an die Krankentrage. Kreidebleich lag Fritzi da. Als sie ihn erkannte, huschte ein Lächeln über ihr Gesicht. »Ich kann ihn jetzt auch sehen«, flüsterte sie.

»Sie fantasiert etwas, aber das ist nach einem solch traumatischen Erlebnis normal«, erklärte der Arzt den besorgten Eltern. »Den Sanitätern hat sie von einem Hund erzählt, der die ganze Zeit bei ihr war. Aber das legt sich wieder.«

Dann gab er ein Zeichen und Fritzi wurde zum Rettungswagen getragen. Ihre Mutter wich nicht von ihrer Seite.

Max stand da und sah ihnen hinterher. Mit einer Hand tätschelte er dankbar die Flanke des Hundes.

Der Brief

Am nächsten Tag durfte Fritzi tatsächlich wieder nach Hause. Bis auf ein paar Schrammen und eine leichte Gehirnerschütterung ging es ihr erstaunlich gut. Als Max sie am späten Nachmittag besuchte, saß sie aufrecht und munter in ihrem Bett.

»Meine Mutter besteht darauf.« Frustriert deutete sie auf das Bett. »Du kennst das bestimmt. Ich glaube, es ist genetisch festgelegt. Mütter machen sich immer viel mehr Sorgen, als sie eigentlich müssten.« Fritzi lächelte.

»Sie macht sich ziemliche Vorwürfe«, meinte Max.

»Ja, ich weiß«, gestand Fritzi. »Sie bittet mich beinahe stündlich um Entschuldigung, weil sie bei dem Anruf nicht mehr nachgehakt hat. *Wer lässt schon sein Kind einfach so bei wildfremden Menschen übernachten, ohne zu fragen, wo sie wohnen und wie sie im Notfall zu erreichen sind?*«, äffte sie ihre Mutter nach. »Ich fürchte, das werde ich spätestens bei meinem ersten Freund bereuen.«

Max lachte. »Dann musst du dir eben einen suchen, dem sie vertraut.« Er grinste sie breit an. »Einen wie mich«, rutschte es ihm heraus, und beinahe gleichzeitig schoss ihm die Röte ins Gesicht. Schnell wechselte er das Thema, ehe Fritzi etwas Blödes antworten konnte. »Nun erzähl schon, was gestern eigentlich passiert ist. Im Ort erzählen die Leute sich die wildesten Gerüchte.«

»Ja? Ich will sie alle hören. Lass bitte kein einziges aus.«

Max war erleichtert, Fritzi so fröhlich zu sehen. »Später, versprochen. Zuerst bist du dran.«

Fritzi gab nach und berichtete von ihrer Begegnung mit Julian.

»Der Polizei habe ich das auch gesagt. Sie haben sofort die Telefonnummer meiner angeblichen Freundin überprüft. Rate mal, wem sie gehört? Natürlich Julian! Sie sind sofort zu ihm gefahren und haben ihn zur Rede gestellt. Was hätte ich dafür gegeben, dabei zu sein.«

»Und? Hat er gestanden?«, fragte Max neugierig.

Seine Freundin nickte. »Allerdings. Angeblich hat er geheult wie ein Baby und sein Vater muss ganz käsig geworden sein. Das hat jedenfalls Herr Heinrich gesagt.«

Max sah sie fragend an. »Wer ist das denn?«

»Ein sehr netter Polizist. Wohl eine alte Sandkastenliebe meiner Mutter. Deshalb sind wir so gut informiert.«

»Und warum hat Julian dich in den Keller gesperrt? Und wie hat er dich dort überhaupt hingebracht, ohne dass du etwas mitbekommen hast?«

»Der Idiot hat wohl voll die Panik geschoben, als ich sagte, ich gehe zur Presse und zur Polizei. Ohne nachzudenken, hat er mir die Schaufel auf den Kopf geschlagen.« Fritzi fasste sich an die Beule. »Zum Glück habe ich einen echten Dickschädel. Trotzdem bin ich von dem Schlag ohnmächtig geworden. Und da bekam Julian noch mehr Angst. Er hat mich in den Keller der Räuber getragen und mich dort gefesselt. Angeblich wollte er am nächsten Tag anonym bei dir anrufen und dir sagen, wo ich bin. Nach der Wahl natürlich.«

Max sah sie ernst an. »Glaubst du ihm?«

Fritzi zuckte mit den Schultern. »Keine Ahnung.«

»Wie hat eigentlich Julians Vater reagiert?«

»Sein Vater hat so getan, als hätte er mit der Sache nichts zu tun, aber ich sage dir, da stimmt was nicht. Das Riesenbaby kommt doch nicht alleine auf die Idee, im Wald nach dem Lösegeld zu graben. Ich wette mit dir, sein Alter steckt dahinter.«

»Hat die Polizei ihn nach der Grabungsaktion gefragt?«, wollte Max wissen.

»Ja, aber der hat alles abgestritten. Nur ein Dummer-Jungen-Streich, hat er wohl gesagt. Heute ist Wahl. Der Typ wird einen Teufel tun und irgendwelche illegalen Aktionen gestehen.«

»Du hast recht. Ich bin gespannt, wie die Wahl ausgeht. Die Gerüchte im Ort sind nicht gerade Quotenbringer.« Max grinste verschmitzt. »Ich habe gehört, seine Gegner lassen schon die Sektkorken knallen.«

Doch plötzlich wurde Max nachdenklich. »Als sie dich auf der Krankentrage aus dem Keller gebracht haben, hast du zu mir gesagt: *Ich kann ihn jetzt auch sehen.* Und den Sanitätern hast du von einem Hund erzählt, der die ganze Zeit bei dir war.«

»Ein Hund?« Fritzi war sichtlich verwirrt. »Ich kann mich an nichts mehr im Keller erinnern. Ich hatte nur panische Angst. Der Arzt hat gesagt, das ist normal. Mein Gehirn versucht, das schreckliche Ereignis einfach auszublenden.«

Max war von der Antwort ziemlich enttäuscht. Er hatte sich so sehr gewünscht, dass Fritzi den Schwarzen Hund nun auch sehen konnte und dass er wirklich auf sein Bitten hin zu Fritzi gegangen war.

»Sobald ich wieder aufstehen kann, fährt mein Vater mit mir zu Dauber. Dann würgen wir ihm seinen verbrecherischen Vorfahr rein, auf den er so stolz ist«, erklärte Fritzi fröhlich. »Ich habe ihm nämlich von deinen Träumen erzählt. Ob du es glaubst oder nicht, aber er hat keines meiner Worte angezweifelt. Nur eine Frage konnte ich ihm nicht beantworten.«

Max sah sie fragend an. »Und welche?«

»Na, woher wusstest du, dass ich im Keller verschüttet worden war?« Fritzi sah Max herausfordernd an. »Ich glaube, jetzt bist du mit Erzählen dran.«

Am nächsten Tag standen die Wahlergebnisse fest. Der alte Bürgermeister hatte keine absolute Mehrheit erhalten wie bei den vorausgegangenen Wahlen. Schuld daran waren wohl die Gerüchte von Fritzis Entführung, die im Ort die Runde gemacht hatten. Vierzehn Tage hatte Dauber nun Zeit, diese aus dem Weg zu räumen und die Stichwahl gegen den zweiten Sieger zu gewinnen. Ob sein Ansehen aber wiederhergestellt werden konnte, wagten die meisten zu bezweifeln. Sein Sohn würde sich auf jeden Fall vor einem Gericht verantworten müssen. Herr Heinrich glaubte, dass er mit einhundert Stunden Sozialdienst davonkommen würde.

Gleich nach der Schule rief Fritzi bei Max an. Der Arzt hatte ihr erlaubt aufzustehen und sein Vater würde nun mit ihr zu Dauber fahren.

»Ich habe ihn gefragt, ob wir dich nicht mitnehmen können. Schließlich waren es ja deine Träume.«

»Was hat er geantwortet?«, fragte er vorsichtig und hoffte auf ein »Ja«.

»Du kannst mitkommen. Wir haben extra auf dich gewartet«, sagte Fritzi vergnügt. »In zehn Minuten holen wir dich ab.«

Der Empfang im Haus des Bürgermeisters war sehr unterkühlt. Wäre Fritzis Vater nicht Baron von Hohenstein gewesen, ein bedeutender Mann, den man nicht so einfach ignorieren konnte, hätte Dauber sie vermutlich gar nicht eingelassen. Aber so bat er sie, wenn auch zähneknirschend, ins Haus.

»Mein Anwalt hat uns geraten, dass Julian sich bei Ihrer Tochter persönlich entschuldigen soll. Es trifft sich also gut, dass Sie zu uns gekommen sind.« Er führte die Besucher ins Arbeitszimmer und rief nach seinem Sohn.

Als Julian Fritzi sah, wurde er käseweiß im Gesicht.

»Steh nicht da wie eine Ölgötze!«, fuhr ihn sein Vater an. »Entschuldige dich bei der Tochter des Barons.«

Julian trat langsam auf Fritzi zu und reichte ihr die Hand. »Tut mir leid.«

Fritzi zögerte, ihm die Hand zu geben. War das alles, was dieser Neandertaler zu sagen hatte? Hatte er schon mal darüber nachgedacht, was passiert wäre, wenn die Feuerwehr sie nicht rechtzeitig gefunden hätte? Dann müsste er jetzt einen Mord verantworten.

Doch offenbar hatte auch sein Vater keinerlei Gewissensbisse. Kaum hatte Julian sein Sprüchlein aufgesagt, drängte sich Herr von Dauber in den Vordergrund. »Da das nun geklärt ist, wünsche ich Ihnen einen angenehmen Abend.« Er machte Anstalten, seine Gäste wieder zur Tür zu begleiten.

Doch so schnell ließ sich Fritzis Vater nicht abwimmeln.

»Wir sind nicht wegen einer Entschuldigung gekommen. Was allerdings ein netter Zug von dir, Julian, gewesen wäre, wenn sie von Herzen gekommen wäre. Wir sind auch nicht hier, um dir, junger Mann, irgendwelche Vorhaltungen zu machen. Das wird demnächst der Richter tun. Außerdem hat uns unser Anwalt davon abgeraten.« Herr von Hohenstein wandte sich nun Herrn von Dauber zu. »Wir sind hier, um mit Ihnen über Ihren Vorfahren, den Amtmann Johann Georgius Dauber zu sprechen.«

Der Bürgermeister zog erstaunt eine Augenbraue hoch. »Was könnten Sie mir schon über meinen Ahnherrn erzählen?«

»Ich nichts, aber der Junge hier, und zwar eine ganze Menge«, konterte Fritzis Vater und gab Max ein Zeichen, mit seiner Geschichte loszulegen. Allerdings verschwieg Max seine Träume. Stattdessen behauptete er, im Schlossarchiv zufällig darauf gestoßen zu sein. Und so musste sich der Bürgermeister wohl oder übel der Wahrheit stellen. Doch statt gegen die Ungeheuerlichkeit der üblen Nachrede zu protestieren oder sich darüber zu wundern, dass ausgerechnet im Schloss etwas über die wahre Rolle des Amtmanns zu finden war, blieb Julians Vater erstaunlich ruhig. Konnte es sein, dass er die Wahrheit schon kannte? Auch Baron von Hohenstein war seine Reaktion nicht entgangen.

»Kann es sein, dass diese Tatsache für Sie gar nicht neu ist?«, hakte er nach. »Sie scheinen mehr über die damalige Entführung zu wissen. Haben Sie deshalb den Wald gekauft und mit den Ausgrabungen begonnen? Wissen Sie etwa, wo sich das Lösegeld befindet?«

Alle Augen waren nun auf Herrn von Dauber gerichtet, der jedoch schwieg wie ein Grab.

»Kommen Sie! Über dieses schändliche Verbrechen wurde jahrhundertelang geschwiegen. Viel zu lange, wenn Sie mich fragen.« Fritzis Vater sah den Bürgermeister herausfordernd an. Als dieser sich immer noch nicht rührte, ließ er sich gemütlich in einem der Sessel nieder. »Wir haben jede Menge Zeit, nicht wahr, Kinder?« Max und Fritzi taten es ihm sofort gleich. Fritzi setzte sogar noch eine faustdicke Lüge obendrauf. »Wenn Sie nicht bereit sind, uns die Wahrheit zu sagen, wird der neue Schlossarchivar noch heute einen Artikel an die Zeitung schicken. Er plant nämlich eine neue Lesereihe. Sie soll heißen: *Rätselhafte Verbrechen in der Geschichte Hohensteins.* Und raten Sie mal, wer den Anfang macht?«

Sofort brach es aus Julian heraus. »Du blöde Gans! Mein Vorfahr hatte schon recht, deine Urtante wegzuschaffen! Wahrscheinlich war sie genauso blöd wie du!«

Der Bürgermeister wurde schneeweiß. »Julian! Sei still!«

Doch sein Sohn war nicht mehr zu stoppen. »Jetzt auf einmal soll ich still sein? Vielleicht hätte ich das auch tun sollen, als ich dir erzählt habe, was ich in der Bibliothek belauscht habe. Von da an hast du mir doch ständig gepredigt, die beiden da aus dem Wald fernzuhalten. *Mit allen Mitteln*, hast du gesagt. Und als ich Max dann im Wald verprügelt habe, hast du mich auch noch gelobt. *Das hast du gut gemacht, mein Junge! So schnell kommen die Gören uns nicht mehr in die Quere.* Du hast mich doch weiter angestachelt. Ständig hast du vom Lösegeld geredet, wie wichtig es für uns ist, damit wir nicht am Hungertuch nagen müssen. Und jetzt muss ich wegen dir und dieser bescheuerten Adelstussi vor Gericht.«

»Julian! Du setzt dich jetzt auf der Stelle hin und hältst deinen Mund! Sofort!«

Der Bürgermeister hatte so laut gebrüllt, dass sein Sohn erschrocken innehielt, den Mund zuklappte und schwieg.

»Erzählen Sie schon, Herr von Dauber!«, mischte sich Fritzis Vater jetzt ein. »Die Tat Ihres Vorfahren zu leugnen, hat doch keinen Zweck mehr. Hat die Geheimnistuerei nicht schon genügend Schaden angerichtet? Es wird Zeit, mit der Wahrheit herauszurücken.« Er sah den Bürgermeister eindringlich an, dessen Miene immer noch wie versteinert war. Das folgende Schweigen im Raum war kaum zu ertragen.

»Na schön!«, gab sich Herr von Dauber plötzlich geschlagen. »Mein Sohn hat recht. Die Firma meiner Frau steht kurz vor dem Ruin. Seit heute ist sie im Ausland, um über eine Fusion mit einer anderen Firma zu verhandeln. Unsere Nerven liegen seit Monaten blank. Da erschien der Brief wie ein Wink des Schicksals.«

Wortlos trat er an den Schreibtisch und zog die Schublade auf. Er griff hinein und holte ein altes Stück Papier heraus.

»Dies ist ein Brief, den unser Vorfahr, der Amtmann Johann Georgius Dauber, kurz vor seinem Tod verfasst hat. Ich habe ihn auf der Rückseite seines Gemäldes gefunden, als ich es zum Restaurator bringen wollte.«

Hohenstein, den 21. Dezember
im Jahr des Herrn 1671

Mein geliebter Sohn,

dem Ende meines Lebens nah, ist es mir ein unaufschiebbares Bedürfnis geworden, mir eine schwere Last von der Seele zu schreiben. Den Mut, mich einem Priester oder gar mir nahestehenden Menschen persönlich anzuvertrauen, habe ich nicht. Gleichwohl erdrückt mich die Schuld, die ich vor 22 Jahren aus reiner Geldgier auf mich geladen habe. Nun, da mir mein Arzt nur noch wenige Tage in die-

sem Leben bescheinigt hat, ist es an der Zeit, diesem Stück Papier das mich erdrückende Geheimnis anzuvertrauen, jenes entsetzliche Ereignis, welches zum Verschwinden der kleinen Baroness Friederike von Hohenstein führte …

Was nun folgte, war eine Beschreibung der Entführung Friederikes, der Lage des Räuberversteckes und des unerwarteten Auftauchens des Räuberjungen Andreas. Anscheinend hatte der Amtmann dem vielen Geld nicht widerstehen können, weshalb er es an sich nahm und eine Übergabe vortäuschte.

… Die Räuber hatten bereits so viele Verbrechen begangen und Leid über die Menschen gebracht, dass ich es als gottgefällige und gerechte Strafe betrachtete, sie trotz meines Versprechens zu verhaften. Ob mit oder ohne Lösegeld hätten die Räuber am Ende am Galgen getanzt. Was jedoch das Mädchen betrifft, so schwöre ich bei Gott, dass es niemals meine Absicht war, ihr irgendwelchen Schaden zuzufügen. Mit der Verhaftung der Räuber wollte ich sie befreien und ihrem Vater zurückbringen. Leider kam meinem Plan der Räuberjunge in die Quere. Als er der Baroness erzählte, dass ich das Geld an mich genommen hatte, konnte ich sie nicht mehr laufen lassen. Also ließ ich sie fürs Erste im Keller, bis ich mir über meine weiteren Schritte im Klaren war.

Leider hatte es noch am gleichen Tag angefangen, stark zu regnen. Der hintere Teil des Kellers, in dem Friederike sich befand, stürzte ein und begrub sie unter sich. Als ich am Abend zurückkam, sah ich das Unglück. Sogleich befreite ich sie aus den Schuttmassen, aber sie war bewusstlos und verletzt. Wie schwer, konnte ich nicht einschätzen. Voller Sorge lud ich sie auf mein Pferd und ritt mit ihr davon. Ich musste sie zu einem Kloster bringen. Dort gab es heilkundige Mönche und Nonnen. Es musste nur weit genug entfernt liegen, damit sie keine Verbindung zu dem entführten Mädchen herstellten. Nach einem mehrstündigen Ritt stieß ich endlich auf ein Frauenkloster. Es schien mir ein Fingerzeig Gottes zu sein. Ich legte das Mädchen vor die Klosterpforte, läutete die Glocke und jagte davon. Die nächsten Tage fürchtete ich, dass die Tochter des Barons wieder zu sich kommen und sich an die Ereignisse erinnern würde. Ich wagte nicht mal, das Lösegeld aus dem Versteck zu holen. Wochen vergingen und niemand hatte etwas von Friederike von Hohenstein gehört. Das Geld traute ich mich aber immer noch nicht an mich zu nehmen. Stattdessen vergrub ich es in der Hütte der Räuber, um im Notfall doch noch alle Schuld auf sie abwälzen zu können. Inzwischen hatte jeder Einwohner Hohensteins mindestens zweimal die Hütte auf den Kopf gestellt, in der Hoffung, das Lösegeld zu finden. Ich war mir sicher, dass dort niemand mehr danach suchen würde.

Nachdem einige Monate vergangen waren, rührte sich mein Gewissen. Bis heute habe ich es nicht über mich gebracht, das Lösegeld an mich zu nehmen. Stattdessen traf mich die gerechte Strafe Gottes. Bis zum heutigen Tag ver-

folgt mich das Bild der bewusstlosen Friederike bis in den Schlaf. Erst nach Jahren brachte ich den Mut auf und begab mich zum Kloster. Eine alte Nonne konnte sich noch gut an das Mädchen erinnern. Sie berichtete mir, dass es sich von seinen äußeren Verletzungen rasch erholt hatte. Sein Gedächtnis aber hatte für immer Schaden genommen. Das Mädchen wusste nicht mehr, wer es war. Also blieb es in dem Kloster und wurde Nonne. Ihr Name ist jetzt Schwester Clara und sie lebt inzwischen in einem Kloster in Bamberg. Soweit die alte Nonne es wusste, ging es Friederike gut. Erleichtert kehrte ich nach Hohenstein zurück. Ich sah keinen Grund, alte Wunden wieder aufzureißen, schwieg weiterhin und erlebte so mit, wie das spurlose Verschwinden des Mädchens im Ort zu einer Legende wurde, die sich die Leute erzählten.

Nun, nach 22 langen Jahren, da ich alles gebeichtet habe, fühle ich mich zum ersten Mal etwas erleichtert, auch wenn die Schuld bleibt. Ich bin nun bereit, vor den allmächtigen Herrn, unseren Schöpfer, zu treten und für meine Tat zu büßen.

Dich aber, mein Sohn, bitte ich, der Familie von dem Schicksal der kleinen Friederike zu berichten. Vielleicht ist es noch nicht zu spät, die verlorene Tochter wieder in den Schoß der Familie zurückzuholen.

In Liebe
Dein Vater

Alle schwiegen für einen Moment. Max fand als Erster die Worte wieder.

»Sie hat also das Unglück überlebt«, rief er erleichtert.

»Aber die Familie hat niemals von dem Brief erfahren«, warf Fritzis Vater ein. »Vielleicht hat den Amtmann kurz vor seinem Tod doch noch der Mut verlassen und er hat den Brief hinter dem Gemälde versteckt.«

»Oder der Sohn war nicht viel besser als sein Vater und hatte um seinen guten Ruf Angst«, schlug Max vor. »Allerdings hätte er dann besser das Geständnis vernichten sollen.«

Fritzi beschäftigten offenbar ganz andere Gedanken.

»Wahnsinn!«, platzte sie heraus. »Offenbar ist diese Angst von Generation zu Generation weitergegeben worden. Julians Vater hat auch gefürchtet, dass ihm etwas angehängt wird, sobald er den Inhalt des Briefes bekannt gibt. Es ist doch verrückt, dass diese Tragödie all die Jahrhunderte nie an Gewicht verloren hat.« Dann grinste sie. »Vermutlich können jetzt alle besser schlafen.«

Der Bürgermeister sah erschöpft aus. Erleichterung konnte Max aber nicht erkennen. Was jedoch das Schlafen betraf, so war zumindest Max sich sicher, dass es wenigstens für ihn galt. Er hatte keine Angst mehr vor seinen Träumen. Jetzt, wo das Schicksal Friederike von Hohensteins aufgeklärt war, dürfte er seine Aufgabe erfüllt haben. Fast fand es Max ein bisschen schade. Er hätte sich gerne von Andreas verabschiedet.

»Wissen Sie mehr über das Leben, das Friederike als Nonne

geführt hat?«, fragte er Herrn von Dauber, doch dieser schüttelte den Kopf.

»Nein, darum habe ich mich nicht gekümmert.«

Max nickte wissend. »Aber umso mehr um das Lösegeld. Haben Sie es eigentlich gefunden?«

»Nein, leider nicht«, gestand der Bürgermeister. »Wir sind mit Metalldetektoren die gesamte Fläche mehrmals abgegangen, nachdem wir die Umrisse der Hütte rekonstruieren konnten. Wenn in der Hütte jemals das Geld versteckt worden war, dann hat es wohl im Laufe der Jahrhunderte jemand anders gefunden und sich daran erfreut.« Der Bürgermeister grinste bitter.

»Vermutlich war es Ihr eigener Urahn, der Sohn des Amtmanns«, schlug Fritzi höhnisch vor.

»Wir lassen trotzdem noch den Erdkeller ausräumen«, erklärte Julian und erntete dafür einen mahnenden Blick von seinem Vater, den er aber ignorierte. »Dort haben wir noch nicht gesucht. Vielleicht ist das Geld ja im verschütteten Teil versteckt worden.«

»Was habt ihr mit dem vielen Geld vor, falls ihr es findet?«, wollte Fritzi wissen.

Ehe der Bürgermeister oder Julian antworten konnten, fiel ihnen der Baron ins Wort. »Ich bin mir sicher, dass Herr von Dauber das Geld, an dem so viel Unglück klebt, nicht für sich behalten möchte. Es gibt viele gemeinnützige Einrichtungen im Ort.« Seine Augen waren eindringlich auf den Bürgermeister gerichtet. »Ich kann mir vorstellen, dass, sollte das Geld überhaupt gefunden werden, eine so großzügige Spende sich günstig auf die Stichwahl auswirken würde.« Er nickte dem Bürgermeister zu, dessen Miene sich zu einer starren Fratze verzogen hatte.

»Wir werden sehen«, erwiderte er barsch. »Wenn Sie uns nun entschuldigen würden, aber wir haben heute noch einige Termine wahrzunehmen.« Mit diesen nicht gerade freundlichen Worten forderte der Bürgermeister seine Gäste zum Gehen auf. Da offenbar alles gesagt worden war, ließ sich der Baron mit Fritzi und Max zur Haustür begleiten.

»Einen schönen Tag noch«, murrte der Bürgermeister, dann schlug er die Tür hinter ihnen zu.

Der letzte Traum

In dieser Nacht ging Max ohne Angst vor gefährlichen Träumen ins Bett. Das Rätsel um das verschwundene Mädchen war nun gelöst. Und ob im Keller der Räuber das Lösegeld versteckt worden war, interessierte ihn nicht mehr. Das Geld würde sowieso dem Bürgermeister gehören. Und was sollte er schon mit so viel Geld anfangen? Vielleicht nach Hamburg zurückgehen? Das kam überhaupt nicht mehr infrage. Max fühlte sich inzwischen hier auf Schloss Hohenstein zu Hause. Und was am wichtigsten war, er hatte eine Freundin gefunden. Eine, die mit ihm durch dick und dünn gehen würde, was er bei seinen gefährlichen Träumen gut gebrauchen konnte. Wer weiß, von welchen Vorfahren er das nächste Mal träumen würde? Max kicherte in sich hinein. Zum Glück glaubte er selbst nicht an den Unsinn einer übersinnlichen Gabe, denn er hatte nicht wirklich Lust, so etwas noch einmal zu erleben. Stattdessen fragte er sich, ob Andreas und Friederike, da das Verbrechen nach so langer Zeit endlich aufgeklärt worden war, Frieden gefunden hatten.

Mitten in der Nacht wurde Max durch etwas geweckt. Es war kein Geräusch, vielmehr das Gefühl, nicht alleine im Zimmer zu sein. Mit klopfendem Herzen tastete er nach der Nachttischlampe und knipste sie an. Und da sah er sie. Es waren Friederike und Andreas. Gemeinsam standen sie an seinem Bett und lächelten. Max fiel auf, dass Friederikes Kleid nicht mehr schmutzig und zerrissen war, und auch Andreas' Hemd und Hose waren sauber.

Max sah sich verwirrt um. Träumte er oder war er wach? Waren die beiden Geister? Aber sie leuchteten nicht oder waren durchsichtig. Max' Gedanken schlugen Purzelbäume. Sonst fand er sich in seinen Träumen stets in der Vergangenheit wieder, aber heute war es anders. Nicht er besuchte Andreas oder Friederike, sondern sie ihn. Tausend Fragen schossen Max durch den Kopf, die er den beiden stellen wollte, aber kein Wort kam ihm über die Lippen. Stattdessen ergriff Andreas das Wort.

»Ich bin dir zu tiefer Dankbarkeit verpflichtet. Durch deine Träume kenne ich nun das Schicksal Friederikes. Die Schuld, die all die Jahrhunderte auf mir lastete, ist nun von dir gesühnt worden. Eine Nachfahrin Friederikes befand sich in großer Gefahr, aus der du sie befreien konntest. Sie verdankt dir ihr Leben.«

Andreas verbeugte sich, dann ergriff Friederike das Wort.

»Auch ich stehe tief in deiner Schuld. Dank dir weiß ich jetzt, wer ich bin, woher ich komme und was mit mir geschehen ist. Und ich konnte Andreas sagen, dass er keinerlei Schuld an meinem Unglück hatte. Außerdem habe ich mein Leben als Nonne niemals bereut. Ich lernte alles über die

Kunst des Heilens und konnte so vielen Leuten helfen. Es war mein vorherbestimmtes Schicksal.« Sie lächelte den Räuberjungen an, dann senkte sie ihren Kopf und machte vor Max einen tiefen Knicks.

Sofort glühten seine Wangen vor Verlegenheit.

»Nein, ich habe euch beiden zu danken«, protestierte er schnell. »Ohne euch hätte ich gar nicht gewusst, dass Fritzi in Gefahr ist oder wo ich nach ihr suchen soll. Wegen euch durfte ich die beste Freundin, die ich je hatte, behalten.« Dann plötzlich grinste er verschmitzt. »Ich denke, wir sind quitt.«

Die beiden sahen ihn fragend an.

»Na, ich meine, ihr habt mir geholfen und ich habe euch geholfen. So gleicht sich das Ganze aus, oder?«

Andreas und Friederike strahlten glücklich.

»Dennoch wollen wir dir ein Geschenk machen«, erklärte Andreas.

»Was für ein Geschenk?«, fragte Max verdutzt.

»Du wirst schon sehen. Für uns wird es jetzt Zeit zu gehen. Leb wohl!«, antwortete Andreas. Dann verneigten sich beide noch einmal und verschwanden.

Max blieb zurück, der sich nicht nur erleichtert fühlte, sondern auch ein wenig wehmütig war. Denn Andreas und Friederike würde er niemals wiedersehen. Außerdem quälte ihn noch eine andere Frage. Was um Himmels willen konnten einem Traumgeister schon schenken?

Das Geschenk

Die Sonne brannte vom Himmel und ließ flirrende Trugbilder über der frisch gemähten Wiese erscheinen. Max und Fritzi saßen am Stamm der alten Buche und genossen den kühlen Schatten des großen Baumes.

Fritzi hatte gebannt zugehört, als Max von seinem letzten Traum erzählte. »Was Andreas wohl mit dem Geschenk gemeint hat? Vielleicht finden wir doch noch das Lösegeld, wenn wir weiter danach suchen?«

Max schüttelte den Kopf. »Nein, vergiss das Geld! Vermutlich hat es schon vor langer Zeit jemand gefunden und ausgegeben. Der Sohn des Amtmanns hat bestimmt auch schon danach gesucht. Vielleicht war er ja der glückliche Finder. Wir werden es wohl nie erfahren. Aber durch diese Geheimnisse wird die Vergangenheit doch erst richtig spannend, oder?«

»Du hast recht«, gab Fritzi zu. »Wenigstens hat der Bürgermeister das Geld auch nicht gefunden. Paps hat gesagt, dass der Keller leer war.«

Die beiden lachten herzhaft.

»Mein Vater hat übrigens Nachforschungen über Friederike oder besser gesagt Schwester Clara angestellt«, erklärte Max. »Sie hat tatsächlich im Kloster in Bamberg gelebt. Sie war dort für die Kranken zuständig. 1711 ist sie gestorben, wurde für damalige Verhältnisse steinalt. Mehr gaben die Quellen aber nicht her.«

»Und was passierte mit Andreas im Waisenhaus?«, fragte Fritzi neugierig.

»Mein Vater hat nur herausgefunden, dass er Tischler in Würzburg war, fünf Kinder hatte und 1705 starb. Sein Wunsch, ein ehrliches Leben zu führen, hat sich erfüllt.«

»Das ist wirklich schön. Nur schade, dass der Baum das Bildnis von Friederike nicht verschlungen hat. Nach all den Träumen war ich mir so sicher«, meinte Fritzi enttäuscht. »Außerdem wäre das doch total romantisch gewesen.«

»Es ist eben nicht alles an einer Legende wahr«, tröstete Max. »Und romantisch ist auch nicht immer alles.« Auch wenn es sich gerade so anfühlt, dachte er und genoss es, hier in Ruhe neben Fritzi zu sitzen.

Doch von einer Sekunde auf die andere schlug die friedliche Stimmung um. Max nahm eine Bewegung im Unterholz des nahen Waldrands wahr. Sofort fröstelte er. Das alles hatte er schon einmal erlebt, als er das erste Mal unter der alten Buche saß.

»Was ist?«, fragte Fritzi beunruhigt.

Max antwortete nicht. Alles an seinem Körper war angespannt. Lauerte da etwas Großes im Unterholz? Eine Amsel flog wie aufs Stichwort aus dem Gebüsch auf.

»Siehst du das auch?«

»Was?«

»Dort, da bewegt sich was!«

Fritzi folgte seinem Blick und kniff die Augen zusammen, um besser sehen zu können. Dann griff sie blitzschnell nach Max' Hand.

»Du hast recht. Da ist was. Ich hör es rascheln.«

Voller Unbehagen starrten nun beide in Richtung Wald. Wieder flog ein Vogel auf und dann brach der unheimliche Schatten aus dem Wald heraus. Es war der große Schwarze Hund. Er stand da und blickte zu ihnen hinüber.

»Ich kann ihn sehen!«, schrie Fritzi aufgeregt. »Max, ich kann den Hund auch sehen! Jetzt erinnere ich mich wieder an alles. Der Hund war die ganze Zeit bei mir, als ich im Keller eingesperrt war. Er hat mich getröstet und gewärmt.«

In diesem Augenblick war Max nicht mehr kalt. Stattdessen fühlte er ein ausgesprochenes Glücksgefühl. Der Hund war nicht mit Andreas und Friederike verschwunden und Fritzi konnte ihn auch sehen. War er das Geschenk, von dem die beiden im Traum gesprochen hatten? Oder kam der Hund, um sich von ihnen zu verabschieden, so wie ihre Vorfahren es auch getan hatten?

»Komm her, mein Junge!«, rief Fritzi dem Tier zu und klatschte dabei aufgeregt mit ihren Händen. »Na komm!«

Der Hund wedelte mit dem Schwanz und sprintete los. Er lief geradewegs auf Max und Fritzi zu, leckte ihnen vor Freude die Gesichter und ließ sich ausgiebig kraulen. Dann schnappte er sich einen heruntergefallenen Ast, legte ihn Max vor die Füße und sah ihn herausfordernd an.

»Soll ich ihn werfen?«, fragte Max seinen Freund, der sofort begeistert mit dem Schwanz wedelte und aufgeregt bellte. Max bückte sich nach dem Stock und warf ihn im hohen Bogen über die Wiese. Der Hund sprang ausgelassen hinterher.

»Wir brauchen einen Namen für ihn«, meinte Fritzi. »Was hältst du von ›Bandit‹?«

Max nickte. Der Name war mehr als passend. Als beide aufstanden und nach Hause gingen, folgte ihnen der Hund und wich nicht von ihrer Seite. Erst als sie sich im Schlosshof trennten, entschied sich Bandit, bei Max zu bleiben.

Was wohl seine Mutter sagen würde, wenn er mit einem Hund auftauchte? Max legte sich alle möglichen Argumente zurecht, die für einen Hund sprachen. Sie reichten von »Wachhund« bis »Einzelkind braucht einen Freund«. Nervös betrat er die Küche, in der er seine Eltern reden hörte. Sie tranken gerade eine Tasse Kaffee.

Max' Mutter sah auf. »Willst du uns Gesellschaft leisten?«

»Nein, eigentlich wollte ich nur fragen, ob …«, begann Max, als ihm seine Mutter ins Wort fiel.

»Hier müffelt es irgendwie nach Hund! Findest du nicht auch, Anton? Stinkst du etwa so?« Sie stand auf und ging zu ihrem Sohn. Ausgiebig schnüffelte sie an ihm, konnte aber nichts Außergewöhnliches riechen. Direkt neben ihr saß Bandit und wedelte mit dem Schwanz.

Max war sprachlos. Sein Freund war immer noch unsichtbar.